ナメてるお嬢を俺がわからせた

大空大姫

口絵・本文イラスト　緋月ひぐれ

contents

【天才の誤算】

『処女でない女は、既に女としての価値の九割を失っている』

太古より存在するこの暗黙の了解を初めて金言として世に知らしめるのは、かの偉大なる『天才』——九頭竜《くずりゅう》王子《おうじ》様、つまりこの俺だ。

後世へ優秀な遺伝子を残すためには、くだらない雑魚《ざこ》遺伝子を抹消し、一部の優秀な『天才』遺伝子のみを選別していく必要がある。

そのため、遺伝子を受け取り育む女という生き物には、その選別に多大なる責任がある。

だからこそ、女は来るべき『天才』遺伝子を授かるために純潔を守る必要が、

——いや、義務があるのだ。

しかし、現代の脳内お花畑なSNS中毒のバカ女どもは、純潔なんぞまるでティッシュペーパーのように簡単に消費してしまう。

この『天才』イケメン——九頭竜 王子様は、そんなビッチカス女なんぞ微笑《ほほえ》み一つでいとも容易《たやす》く股を開かせることが出来る——はずだった。

【奇跡の憂鬱】

『男と家電はスペックの高さで区別しろ』

クレオパトラの時代から残るこの伝承を初めて至言としてこの世に知らしめるのは、三大美女に並び、歴史に名を刻む『奇跡』——美地原《みちはら》三姫様《みき》、つまりこの私だ。

新しい家電が欲しいと思う人がわざわざ型落ちの家電を買わないように、新しい彼氏が欲しいと思う女がわざわざ基本スペックの低い男を選ぶわけがない。

しかし、貧乏人が高い家電を買えないように、ブスには高スペックの男を落とすことは叶《かな》わない。

逆を言えば、金持ちは安い家電を買わないし、美女は低スペックの男を選ばない。

こんな世界の常識も理解しないでアタックしてくる低スペックの家電、——雑魚男どものなんて多いことか。義務教育の敗北です。

しかし、家電とは違い、世界一スペックの高い男はメーカー努力では生まれない。

この『奇跡』的美少女——美地原三姫様は、妥協しつつもそんなギリギリ合格点レベルの男と恋人関係になり、周囲にマウントを取っている——はずだった。

【混ぜるな危険】

――くずside――

「ふむ。やはり私文はダメだったな。どいつもこいつも頭も股もゆるゆるなビッチばかりで、この俺様に相応《ふさわ》しい純粋無垢《じゅんすいむく》な女なんてどこにもいやしない」

六月某日、既にぽちぽちとクーラーが稼働《かどう》し始めている大学の学食内で、喧噪溢《けんそうあふ》れる昼休みにもかかわらず俺の声が響いた。聞き耳を立てていたビッチ女どもがゴミを見るような目で見てくる。舌打ちの音や「死ねばいいのに」という声も聞こえる。

やれやれ、浅ましいビッチどもだ。貴様ら程度では俺という至高の存在に手が出せないからといって、こうも露骨な反応をされると思わず同情してしまう。

十万よこせば貴様らでも抱いてやるぞ？

俺の名前は九頭竜 王子、現役W大学の二年生だ。

俺という存在を紹介するには、『天才』という言葉が必須となる。

天は二物を与えず、とか言われているが、残念ながらどの時代にもバグはあるようで、俺は異世界転生の必要がないぐらい生まれながらのチート使いだった。

顔は超が付くほどのイケメン。遠目でもわかる長い睫毛《まつげ》、肉食獣のように鋭く力強い瞳、西洋人のように高い鼻、あまりにも一つ一つの顔のパーツが整いすぎている。

１８０㎝もあるこの身長も、スラリとした細身の体と美しく整えられた筋肉に彩《いろど》られ、もはや芸術作品のよう。荒々しく女を抱くことも、優しく抱きしめることも出来る。

ビジュアルだけの男なら――俺クラスはいないにしても――探せばいるだろう。しかし、俺クラスの『天才』的な頭脳と超人的な運動能力を併せ持つ男はこの世に存在するまい。


これが恋愛格差だよ、弱者男性くん。


「おい、童貞王子。いつまでもそんなこと言ってるから、未《いま》だにお前は童貞なんだぞ」

目の前のメガネの男が、『天才』の俺に向かってそんな失礼なことを言ってくる。このメガネの名前は京極《きょうごく》道一《みちかず》、小学生の時からの幼馴染《おさななじみ》だ。『カズ』と俺は呼んでいる。

だが悲しいかな。能力もルックスも至って平凡。俺と比較すると思わず目を覆ってしまう。――が、彼女持ちだ。俺がいないのにもかかわらず。

大切な親友よりも目の前の性欲を優先した最低な男だ。恥を知れ。何学食で彼女お手製の弁当を食っててんだ。ＴＰＯをわきまえろ、カス野郎。

「カズよ、勘違いしてもらっては困る。俺は童貞を自ら選択しているのであって、決して相手がいないわけではない。ただ俺の遺伝子が満足できるような女がいないだけだ」

「お前、大学に入る前はとりあえず適当な女を食い散らかして経験値を積むかとか言ってなかったか？　というか、高校に入る前も同じことを聞いた気がするが？」

カズが呆《あき》れた顔で言ってきた。確かに俺はそんなことを言った。

高校に上がる時には、ＪＫなんぞ全員常に発情しているクソビッチで、高スペックを見るとガニ股で追いかけてくる存在だと思っていた。大学に上がる時だって、ＪＤなんぞ酒とＳＮＳの快楽だけでは飽き足らず、性の快楽を常に求めているバカな存在だと思っていた。

だからこそ、俺という完璧な存在は奴《やつ》らにとっては理想の異性であり、校舎を歩いていたら土下座をしながら「抱いてください！」と言われるものだと思っていた。


しかし現実は違った。

ＪＫもＪＤも全然性に奔放ではなかった。信頼できる筋によれば、何回もデートをしないとそう簡単に体を許したりしないらしい。

——何故《なぜ》、この俺様がメス一匹抱くのにそんな手間と時間をかけなくてはならない？

しかも、だ。そんな手間をかけて抱けるのが千年に一人の美少女ならば百歩譲ろう。

だが、笑ってしまうことにそこまでしても抱ける女のレベルなんぞ、たかが知れている。

だからこそ俺は、何もせずとも寄ってくる淫売女《ハエ》か、あるいは俺という完成された存在のリソースを割いても許容できるレベルの女を探している。つまり、童貞を余儀なくされているのではなく、自ら進んで修羅の道を選んでいるのだ。


「ふん。中古女なんてこちらから願い下げだ。俺は純潔を守り、異性との交遊もなく、手をつなぐだけで顔を赤らめる、そんな一般的な大和撫子《やまとなでしこ》を探しているだけだ」

「お前は一般的という意味を辞書で調べ直した方がいい」

スマホを片手にウインナーを箸で口に運びながら、心底興味なさげにカズは言う。

「それにだな」

今度はその箸を俺に向け、呆れた顔で言ってくる。

「お前みたいな軽薄そうな男についてく時点で、その女は大和撫子（笑）では既にない」

「馬鹿め。俺のどこが軽薄だ。眉目秀麗さを軽薄と断じるのは軽率だぞ。レベルの高い女はレベルの高い男を求めるものだ。パーフェクトな美女というものは、自らに合うレベルの男が現れるまでその純潔を守っているものだ。美女でお淑《しと》やかで男を立てられて、体も心も処女の女は存在する！　その女はこの俺に抱かれるのを待っている！」

　はあ、と対面から大きなため息が聞こえてくる。丁度彼女お手製のお弁当を食べ終わったようで、ごちそうさまと言いながら蓋を閉め、弁当箱を丁寧に包んでいく。

　どうやら俺が食べ終わるのを待ってくれる気はないらしい。

　仕方がない。俺は残りのカレーを急いでかきこみ、カズと学食を後にした。

＊

　学食を出て次の教室に向かっていると、そういえばとカズがこちらを振り向いた。

「竜、お前でも流石《さすが》にあの女には興味がないんだな。『文学部の姫』とやらには」

「『文学部の姫』？　そんなこの俺に相応しい異名を持つ女がこの大学にいるのか？」

　カズが今日一番に驚いた顔をして俺の顔を見てくる。そんなに有名な女なのか……。

　それにしても姫……姫か。姫ってことはつまり、清楚《せいそ》だよな。清楚ということは――

「くっ！　早く処女を奪ってあげないと！　大学生になってまで処女は哀れすぎる！」

「……童貞が何言ってんだか」

　白い目で見ながらなんだか失礼なことを言ってくるが、そんなものは無視だ。急いでホテルの予約をして子供の名前を考えなくては。俺の遺伝子を出来るだけ多くの優秀な女にばらまくという壮大な目標をしっかり理解してくれる女であろうか……。

「Ｓｉｒｉ、最高の遺伝子を授けるのに相応しいおすすめのホテルをこの俺に教えろ」

『すみません、よくわかりません。』

「お前、この一瞬でどこまで妄想を膨らませたんだ……」

まずいな。未来のことを考えていたせいか、さっきから俺の遺伝子たちがフィーバーして股間の熱が冷めん。こいつらを早くあるべき場所へ解放してあげなくては……。

「よし。では今すぐに姫とやらに会いに行くぞ。さっさとホテルにしけこまないと門限の十九時を過ぎてしまう。門限を破ったらどんな酷《ひど》い罰が待っているか……！」

「落ち着け。門限を破るのは俺も大反対だが、授業が終わってからでも間に合う。それに、初対面の男と会ってすぐホテルに行く女なんぞそういるわけないだろ。……多分」

「しかし、この俺だぞ？　俺の顔を見てすぐ興奮マックスになるってことも……」

カズはまあまあと俺を宥《なだ》める。

……仕方がない。お楽しみは学生としての本分を果たしてからだな。俺は興奮止《や》まない遺伝子たちを理性で抑え込み、そのままカズと教室へ向かった。その道中、カズがかすかに聞こえる声で言った。

「……あの女に会えば、竜も少しは現実が見えるようになるだろ」

――ビッチside――

「やっぱりW大じゃなくてK大にすべきだったわね……。どいつもこいつも頭も顔も悪ければ金すらなさそうで、この私に相応しい高スペックイケメンの気配すら感じられない」

大学内にあるカフェに、私の可憐《かれん》な美声が響いた。この私の美しさ・可憐さ・高貴さに見惚《みと》れている低レベルのブス・ブサイクどもが舐《な》めるような視線をぶつけてくる。ため息をつく音や「早く酷い目に遭え」という嫉妬の声も聞こえる。

全く、この私を見ることが出来るということ自体が、何の取り柄もないお前らが神に唯一与えられた、人生で唯一の幸運だということに気が付いていないなんて残念な連中ね。

お前ら程度では目も合わせてもらえないからといって、こうも不躾《ぶしつけ》な反応をされると哀《かな》しくなってしまう。なんて悲惨な人生を送っているんだろう。

十万貢《みつ》げばあなたたちでもウインクぐらいしてあげますけど？

私の名前は美地原三姫、現役W大学の二年生。

私という存在を紹介するには『奇跡』という言葉が不可欠になる。角ある獣に上歯なし、とかネットに書いてあるけど、どの時代でも神の悪戯《いたずら》はあるようで、私は生まれながらの

『奇跡』だった。努力という言葉で鼻をかんでゴミ箱に投げ捨ててしまうぐらい、生まれた時からあらゆる能力がオーバーフローしていた。
顔は、一億年に一人レベルの超美少女。雪のような白い肌、男性のこぶし程度の顔のサイズ、ぷるんと艶がのった美しい唇、憂いを帯びたくっきりした目、一つ一つの顔のパーツそのものが『奇跡』と言える。一見すると、まるでどこかの国のお姫様のよう。
身長は165㎝近く、胸はFカップ。グラビアアイドル顔負けの超神ボディ。この私の美しい肌に偶然にも触れることが出来たのならば、きっとその人は一生手を洗えなくなってしまうでしょうね。

私レベルの容姿の人は今世紀どころか来世にも出てこないでしょうけども、下位互換レベルなら見つかるかもしれない。ただ、『奇跡』のような頭脳を持ち、バイオリンの国際コンクールで金賞を受賞出来る『奇跡』の女は私を除いて他にいない。

これが現実というものです、加工女子さん。

「そうだよねー。ビッチ……三姫《みき》ちゃんはお医者さんとかと付き合いそうだよねー」
「うんうん。同級生には興味ない感じ。おじさん……というか年上の人とお付き合いしそうだよねー」

「すごーい、うらやましいねー」

私の方を見ることもなく中身のない会話をする目の前の三人は……名前は忘れてしまったから仮にB子、B美、B菜と名付ける。こいつらチームB《ブス》は私の取り巻きだ。といっても、私が自分で囲っているわけでもなく、勝手についてくる連中。昔から私の美貌のおこぼれを狙ったハイエナのようなB連中が私を囲って持ち上げてくれる。

昔はそれで気持ちがよくなって、お姫様気分になっていたけれども流石にもう気が付いた。奴らは好きなだけ陰口叩《たた》くし、何か起きても、決して私を助けてくれることはない。本ッ当に可哀《かわい》そうな人たちね。私が相手にもしない雑魚《ざこ》男に構ってもらえてよかったでちゅねー。こいつらが私を利用するつもりなら、こっちだって容赦しない。お前らの精神が病むまでマウント取ってやる。

「三姫ちゃんって、バッグとか全部ブランド品だよね。お金なんてもういらなくない？」

B美が物欲しそうな目でこちらを見てくる。私は着飾らなくてもダイヤモンドでも足元にも及ばないぐらい美しい存在だ。しかし折角ならと私の完璧な美貌を引き立たせる高級アクセサリーを身に着けている。ものによっては一週間で買い換えるせいか、お下がりを欲しがるBが絶えない。B美も何とかお下がりを貰《もら》おうとしているんだろう。

お前らが身に着けてもB《ブタ》に真珠なのに。

「ええ、確かに父は社長で家はお金持ちだし、顔もいいから付きまとうATMがすぐ貢いでくれるのでお金には困っていないわね。ただ、わからないかもしれないけど、お金はあればあるだけいいものなの。それに私レベルの完璧美少女が、お金にすら苦労するレベルの男と一緒にいられるわけがないじゃない。ふふっ」

チームBが、へー、とかすごーい、とか言ってくる。ただ、私にはわかっている。目が完全に据わっていてマジ切れ寸前じゃないですか。怒っちゃったんですかぁ？

「容姿・家柄・財力・運動神経・誠実さ……そして私に絶対服従すること。これがお付き合いする男性の最低条件よ。このレベルすらクリア出来ていない分際で私と付き合えると思っているサルどものまあ多いこと。私という『奇跡』の存在を軽視しているのかしら。この美地原《みちはら》三姫様のことを。ねえ、どう思う？」

私の言葉にBどもが適当に返事を返すと、完全に場が沈黙状態となり、先程買ったシェイクも飲み切ってしまった。約束の時間まではまだあるけど、さっさと帰ろうかな。可愛《かわい》く欠伸《あくび》をすると、背後がざわざわと騒がしくなるのが聞こえた。

＊

突然の周囲のざわめきが気になって、私も思わず振り返る。

すると、そこには——一億年に一人レベルの超・イケメンがいた。

見上げるレベルの高身長。ハーフのような顔立ちに、美しくセットされた金髪。服越しでも鍛えられた肉体が見て取れる。

服は全てをブランド品で固めているというわけではなく、靴や時計、ベルトなどわかる人だけがわかる小物だけを超高級ブランド品で固めている。この距離でかすかに香ってくるのは、ブルガリの香水だろうか。

そんな超・ハイスペックな男が堂々とした様子でこちらに向かってくる。そして私の目の前に立つと、ふむ、と一言漏らし、そのまま私たちを見下ろす姿勢で話しかけてきた。

「君が『文学部の姫』、か……。なるほど、確かに他の女性とは遥《はる》かに格が違う。『奇跡』のような美しさだ」

そうすると今度はその場で跪《ひざまず》き、胸に手を当てて言った。

「知っているかもしれないが、この俺こそが現代の超『天才』、九頭竜《くずりゅう》王子だ」

ドキッと心臓が高鳴る音が聞こえた。顔も声もスタイルも、まさに自分の理想通りだ。ここまで自分の胸を高鳴らせることが出来た男は今まで存在しなかった。

だが、このイケメンが現れた瞬間、チームBの空気が一瞬で変わったのを感じ取った。

「うわ……でたー」「これが噂《うわさ》のくず王子？」「ついにくず同士のご対面？」と、私にも聞こえるような声でひそひそと話をしている。まさか、自分たちのレベルでは絶対に相手にされないことへの僻《ひが》み……？

しかし、私はそんな男すらも魅了してしまった罪深き美女。もしかしたら、これが私の運命の相手なのかもしれない。

唾を飲み込み、じっと相手を見る。この九頭竜という男が、『奇跡』の美女——美地原三姫様がお相手をするのに相応《ふさわ》しい男かどうかを、しっかりと見極めなくては！

「竜！　なんで勝手に突っ走るんだ……。お前、完全にやばい奴《やつ》みたいになってるぞ」

「何を言っている？　この世の全ての女は、たとえ断崖絶壁から今にも落ちそうという瞬間でさえ、この俺に話しかけられることを光栄に思うに決まっているだろうが」

「……お前はもう少し周囲の空気を読む特訓をした方がいいかもな……」

「カズ。お前こそいいから黙って俺を見て学べ。これが女を口説くお手本だ」

そして私に再度向き直ると、私に何かを言いかける――


「君は――」「最寄り駅は？」


――よりも先に私が口火を切った。まさか自分の質問が遮られるとは思っていなかったのか、若干たじろぎながらも答えてくれる。

「せ、成城学園前……だが」

「一軒家？」

「え……あ、ああ」

「ご両親の職業は？」

「どっちも、医者だが」

「開業医？」

「いや、フリーランス……です」

「月いくらまで貢げ……使える？」

「え、……決めてないが三万円とか？」

「それだけ？　使おうと思えばもっと使える？　バイトはしていないの？」

「ま、まあ、ある程度までなら。バイトに関しては経験ないが」

「ふーん……」

なるほど、実家はそれなりに太い、と……。まあまだわからないことは多々あるけども、最終的な評価点としてはビジュアル九十五点、財産七十点といったところかな。

とりあえずキープ、と。

ならばと、女神のような見る人全てを魅了する最高級に美しい微笑《ほほえ》みを向けてあげる。

するとその女神スマイルに見惚れてしまったのか、彼は若干目線を泳がせながら話す。

「こほん……。ふむ、まあ完璧な存在たる俺に対して興味を持ち、色々と知りたいと思う気持ちはわかる。しかし俺のことならまだしも家族のことを聞いても意味がないぞ？　俺は一族の中でも突然変異レベルの『天才』だからな」

「えっ……そうなの？」

「そうだとも。この俺と共にいれば、君の幸せは約束されたも同然だ」

キタコレ！　やっと来た！　やっと来た……！　これでようやく私にも――

「それにしても」

私が期待で胸を震わせていると、目の前のイケメンは跪いた状態から少し体を起こし、私の顔を覗《のぞ》きこみながら、少し悲しそうに、そして苛立《いらだ》っていそうな様子で言った。

「……ふむ。その表情には、業腹《ごうはら》ながら見覚えがある」

少し唇を突き出せばキスも出来そうなぐらい近い距離で、私は目の前のイケメンのガラスのような瞳を通して、『完璧』に整った私の笑顔を見る。

「……ふう。どうやら長年の間、大分無理をしているようだな。折角の美しい『奇跡』の顔が歪《ゆが》んでしまっている。だが、問題ない」

そして、私の頬に手を添え顎を持ち上げ、白い歯をむき出しにして力強く微笑む。

「君の本当の美しさを、この俺様が引き出してやろう。だから――俺と共にいろ」

「――」

世界が停止した。私はゴクリと唾を飲み込み、彼を――彼だけを見つめる。隣の３Ｂが、彼の後ろにいるメガネが、それぞれどんな表情をしているかなんて目にも入らない。

私は震える下唇を、噛《か》むことで震えを止めることしか出来なかった。

彼は、私のその様子を見て、ふっと微笑みながら言った。

「いずれ、この俺様が君の本当の笑顔を――『奇跡』の笑顔を見てやろうではないか」

そして完全に立ち上がり、また私を見下ろす形になる。

「さて、その前に君に、一つ聞いておきたいことがあるんだ」

「え、ええ。……まあ別にいいけれど」

上手《うま》く言葉が出てこない……。あまりにも早い心臓の鼓動で体が震えているのを隠すのが精一杯だ。呼吸も荒い。頰も熱い。景色は何故《なぜ》だか少し歪んでいるし、周囲の雑音も嘘《うそ》のように聞こえない。

彼は金色の髪をかき上げ、これまで幾人もの女性を魅了してきたであろう百点満点の最高に素敵な笑みを浮かべながら、脳がしびれるようなイケメンボイスで、これまでの二十年の人生史上、最も心臓を酷使している私に向かってこう言い放った。

「君は処女か？」

――くずside――

「君は処女か?」

俺がその質問をした途端、世界から音が消えた。向かいの『奇跡』の美少女――美地《みち》原《はら》三姫《みき》は、手を震わせ、口を魚のようにパクパクとさせ、完全に潤いを失《な》くした瞳を縦横無尽に動かしている。

おそらく人生で初めてするレアな表情だろう。

背後では、カズが額に手を当てて呆《あき》れているのが何となく感じられる。

失敬な……。俺のこの質問は、恋人契約を結ぶ上で何よりも大事なものだというのに。

俺の初めての相手が、初めてではないだなんてそんな不条理が認められるわけがない。

目の前のこの女は美しい。大和撫子《やまとなでしこ》とはまさしくこの女のことをいうのであろう。

何よりもおっぱいが大きい。顔よし、スタイルよし。残るは――純潔さだ。

そうこうしていると、どうやら彼女も気持ちの整理がついたのか、幾分か冷静になったようだ。深く深呼吸を数回行い、それからもう一度質問の意味を読み取ろうとしたのか、少し表情をこわばらせつつも尋ねる。

「えっと……そ、それ……初対面の人に聞く質問……かなー……なんて」

「うむ。だが、俺は非処女の女に無駄な時間を使いたくないんだ。悪いが答えてくれ」

「え、キモ……。いや、というか、その……こういう場で答えたくないっていうか……」

彼女はもじもじしながら顔を赤くして、恥ずかしそうに俯《うつむ》いている。


なるほど、処女だな。


先ほど無理やり熱を鎮《しず》めた遺伝子たちが、ハッスルしてきてとても股間が熱い。

だが、その股間の熱を冷ますように、これまで近くにいることも全く認識していなかったレベルの低いブスの一匹が話しかけてきた。

「あのさ、くず男君。この歳《とし》で処女の女なんているわけないじゃん。ねえ、三姫ちゃん？　あんだけ色々な男を手玉に取って、遊びまくってんだからそんなわけないよね？」

「は……はは」

彼女は少し困ったように引き笑いをする。ブスの話なんぞ話半分に聞いていた俺は、勝ち誇った顔で目の前の純潔少女に尋ねる。

「ふむ。美地原三姫よ。俺は君から直接処女かどうかを聞きたい。この俺にはわかる。君は処女だろ?」

「……そ」

「うむ。さあ、俺に聞かせてくれ。穢《けが》れなき処女の聖なる声を」

「……そんなわけ！　処女なわけないでしょ！」

体をプルプルと震わせ、顔を真っ赤にし、涙目になりながら、通りすがりの学生全てが思わず振り返ってしまうほどの大声で彼女は言い放った。

「……なん……だと」

喉が張り付いて声が出ない。

え、うそ。無理しんどい。な、なんでだ。このレベルの女を抱ける男が、まさかこの俺様以外にいるというのか……。そんな……そんなのって――

「――ビッチじゃないか……」

「は、はあ?」

彼女が赤い顔のままこちらを睨《にら》みつけてきた。

しかし、俺は止まらない。止まれないのだ。

「お前、所詮は私文のメスだったんだな。くうう……クソビッチが！　何なんだよどいつもこいつも。大事な所を開門するのに抵抗なさすぎだろ！　俺という最高位遺伝子が、無血開城された後の城にのこのこ入れるわけないだろうが！　恥を知れ！」

周囲で悲鳴があがる。周囲の女が引いている。いや、男も引いているし、カズすら引いている。しかし、俺は震えながらも思いの丈をぶつけてやった。

目の前のビッチこと美地原二姫も俺の発言にはドン引きした様子で、そのドン引きの表情のまま、顔を真っ赤にして大声で怒鳴る。

「何がメスだ！　童貞っぽいこと大声で言いやがって！　私レベルの美女が処女なわけないでしょう⁉　良い女は良い男を食い物にして美しくなっていくものなの！」

「ああ……なんということだ……。世界の損失だ……。貴様なら俺の遺伝子を受け止められると思ったのに……。とんだ見込み違いだった……」

「見込み違いはこっちのセリフ！　まさかあなたみたいな人が処女厨《ちゅう》をこじらせた変態

だったなんて……。せっかく出会えたと思ったのにぃ……」

最後の方は俺にしか聞こえない程度の声量で吐き捨てるように言う。そして、キッと俺の方を鋭く睨みつけると、美地原はプルプルと震えながら涙目で叫んだ。

「それに、遺伝子遺伝子ってなんか生生しくて気持ち悪いんだよ！」

「くうう……」

「え、ええ……泣きたいのはこっちなのにぃ……」

涙が止まらなかった。何て情けないんだ俺は。

ここまで優秀な遺伝子を持ち、いくらでもメスを選ぶ権利があるというのに、処女じゃないと嫌だという理由だけで未《いま》だに童貞を引きずらないといけないだなんて……。

「おい、竜。俺が悪かった。マジごめん。な、もういいだろ？　もう帰ろうぜ？」

カズが俺の肩を叩《たた》き、申し訳なさそうに耳元で言う。

くうう……何故なんだ……。俺はまだ童貞を卒業できないのか……。

俺は胸に残る虚脱感と大きな敗北感、そして怒りの感情をミックスし、出来上がった思いの丈をそのまま目の前のクソビッチにぶつけた。

「おいビッチ女！　大切な『初めて』を適当なゴミ男で捨てたことを一生後悔しろ！　本当に好きな男が出来た時に、その浅慮がお前を苦しめるんだ！　苦しめ淫乱売女《ばいた》め！」
「その捨《す》て台詞《ぜりふ》は流石《さすが》に洒落《しゃれ》にならんから大声で叫ぶなバカ！」

カズが俺の腕を無理やり引っ張って人混みをかき分けていく。遠くなっていくビッチ女の顔は未だに真っ赤で、親でも殺されたのではないのかという恨みの籠った目でこちらを睨んでくる。

何故被害者面しているんだ？　裏切られた俺の方が辛《つら》いに決まっているだろうが！

突き刺さるようなビッチの目、何故か軽蔑した目を向けてくる周囲から逃げるように、カズは泣きながら脱力する俺を無理やり引きずって文学部校舎から出ていく。

【交錯しすぎる思惑】

——くずside——

「なんで神に選ばれたこの俺様が！　抱く女に苦労をしなければならないのだ！」

大学近くにあるサイゼリヤに俺の絶叫が響き渡る。店員がこちらに駆け寄ってくるのを、対面のカズが申し訳なさそうに謝りながら追い払う。俺はメロンソーダを一気に飲み干すと、カズに向かって恨み辛みの丈をぶつける。

「女なんてくそだ！　一瞬の快楽のためにバカみたいに簡単に股を開く、承認欲求のモンスターだ！　ＳＮＳ中毒のバカ女にビッチが多いのは、こういう原理なんだろうな！　言っとくが抱けるから話しかけられているだけだからな！　勘違いするなよ！　お前らよりも顔がいい女がいたらすぐ捨てられるんだからな！」

「ドリンクバー行くけどなんか飲むか？　メロンソーダでいい？」

「そしてすぐ被害者ぶるんだろ⁉　私たちは騙《だま》されたとか買われたとか。快楽中毒のバカな自分のことを棚に上げて、責任は全て男のせいにして！　それで処女厨キモイって、お前らの変わり身の早さの方がよっぽどキモイわ！　後先考えないバカ男とバカ女による交尾は見てられないね！　そんな奴らが被害者ぶるのを許容しているこの社会は一回滅んだ方がいいさ！　ありがとう！　メロンソーダとコーラのブレンドでお願いします」

カズが持ってきてくれたメロンコーラ（メロンソーダ６：コーラ４の黄金ブレンド）を喉に流し込む。おっと、水分をとったためか、目から余分な水分が流れ出てきたぞ。

「くうう……。結局、もっと早い内に処女のいい女を探しておくべきだった……。この国の女どもの貞操観念はどうなっているんだよ……」

カズは俺のそんな様子を見ると、頭をぽりぽりと掻《か》きながら、あーとかうーとか言いつつ腕を組む。しばらく何かを考えている姿勢を取ると、意を決したように言った。

「なあ。一回風俗に行ってみたらどうだ？　俺なら店紹介出来るし、一緒に行こうぜ」

「なんで俺が、非処女なんかと……」

しかしカズは乗り気ではない俺の反応に引かず、優しく諭すように俺に語る。

「俺が思うに、お前はちょっと女に理想を持ちすぎなんだよ。お前の言う通り、女は基本、ビッチのクソ野郎なんだからさ。もっとこう、軽い気持ちで考えろって。せっかく俺といるのに、バカ女程度で思い悩むなんてもったいないぞ。それこそ人生の無駄だ」

そ、そうか……。確かに、なんで俺がこんなにも苦しんでいるかと言えばきっと、女に過度の期待をしすぎたからなんだろうな……。

「そうは言うがな、カズ。お前には七海《ななみ》がいるし、一緒に風俗なんて行けないだろ？」

「七海にはちゃんと許可を取る。大丈夫だ。しっかり事情を説明すれば、あいつならわかってくれる。わかってくれないなら、仕方がないが別れるしかあるまい」

「え、ええー……？」

な、何てカスな奴《やつ》だ……。ひょっとして、お前が風俗に行きたいのか……？

ドン引きの俺の視線にカズは気が付くことなく、軽く欠伸《あくび》をしながら伸びをする。

「さてと……。そろそろ帰るか。流石に店員の視線も痛くなってきたしな」

そして、男の俺にしてしまうのが勿体《もったい》ないレベルの決め顔で俺に言う。

「竜、遠慮なく俺を頼ってくれよ。お前のためになるならば、俺は何でもするからな」

「……うむ。そうさせてもらおう。それにしても本当にお前は俺のことが好きだな」

カズは伝票を持ち、立ち上がると、ケラケラと笑いながら言った。

「バレた？」

——ビッチside——

腸《はらわた》が煮えくり返る、という言葉は流石にオーバーじゃないか、と昔思っていたが、そんなことはなかった。きっと今ならこの煮え湯でカップラーメンを作れるだろう。

誰が非処女だ！　誰が中古品だ！　誰が性病持ちだ！

……そこまでは言ってなかったかな？

つい先ほどまで、顔はいいがドくずの最低野郎にビッチだなんだと言われていたせいで、私の苛立《いらだ》ちは最高潮に達していた。

それに、大声で処女だのビッチだの大騒ぎしてくれたせいで、周囲の野次馬どもが輪をかけて煩わしい目で見ながら、こそこそニヤニヤと何かを話している。

本当に気持ちが悪い。こいつらも、隣のB女どもも。

私は露骨に舌打ちをすると、飲み干したシェイクのゴミとバッグを乱暴に持って、スタスタと野次馬どもの中央を抜けていく。

私の後を追って、小走りで三匹のBが駆け寄ってくる。

しばらく歩いていると、B美が笑いを堪《こら》えきれないまま話しかけてきた。

「それにしても三姫ちゃん、さっきは災難だったね。よりによってあの有名なくず王子に絡《から》まれるだなんて」

「……有名な人なの？」

「そりゃもちろん」

B美の顔がいやらしく吊《つ》り上がる。そこからおよそ十分もの間、先ほどのカフェから少し離れたベンチに腰掛けて、あのくず男――九頭竜 王子の悪口をたっぷりと聞かされた。

B美の話を聞けば聞くほど、先ほどの九頭竜 王子という男は完全に終わっているくず男で、何だか一周回って面白い男だなと思った。

というか、野良猫《のらねこ》に欲情したとか、うちの大学の設立者の銅像に腰振ったとか、顔が可《か》愛《わい》い男子学生に無理やりキスをしたとか、最後のやつを除けば荒唐無稽な話が多く、そうした法螺《ほら》話を流した奴に軽蔑心が湧く。最後のは普通にありそうだけど……。

途中からB子もB菜もその話に乗っかり、すっかり私を置いてけぼりにしてくず王子の悪口に夢中になっている。

ああ、なんか吐きそう……。

なんでだろ……。あんなろくでもない男、これまでにも腐るほどいたのに。

意外とタイプだったからかなぁ。中身は置いといて、外見だけのスペックとしては私のATM&奴隷&対女マウント用アクセサリーとしては文句なしに優秀だったし……。


というか普通に考えて、処女かどうかなんて聞かれて答えるものじゃないんですけど。

特に、私という『奇跡』の美女の、そういうデリケートなところをこんな神様の失敗作みたいな連中の前で気軽に触れないでほしい。


大前提として、私はお相手する男には、限界ギリギリまで我慢に我慢を重ねさせる。そうすることで男のそうした行為に対する期待感は比例して増していくし、実際に私と行為に及んだ際にはとてもとても表現出来ないレベルの達成感と充足感を得ることが出来る。

しかも、そんな思いをした相手が『初めて』だったら？

下半身に正直な独占欲丸出しのサル男なら一生私の忠実な僕《しもべ》くんになってくれるってわけです。そんな思惑もあってか、大学二年生になっても処女ですが何か？

それどころかキスもしたことありません。デート経験だけは死ぬほどあるのにね。

ママからはモンスター処女と言われました、黙れ。

でも勘違いしないでほしいのは、私は処女という選択肢を選んでいるだけであって処女を余儀なくされているのではないの。最高に最強なスペックの男を骨抜きにするために、あえて、あえてね！　処女をキープしているのよ。

そもそも、体を簡単に許す女はつまり、体を使わなくてはその男を落とせないという敗北宣言をしているということ。確かに女にとって体は最強の武器で、よほどのブスでなければ、この最強武器を使えばほとんどの男を骨抜きにすることが出来る。

しかし、その武器は経年劣化していくもの。どうでもいい男に使えば使うほど、武器の切れ味は落ちていくものなの。

ましてや、この武器の最強たる所以《ゆえん》はまさしくその一刀目、第一撃。

だというのに、そんな簡単に使いますか？

ＲＰＧで言うなれば、回数制限のある最強技を、序盤の敵に使うのかっていう話。

つまり、処女は至高。純潔を大事にしている程、女としての魅力が溢《あふ》れるものなの。

そして大事なことだが、相手の男性ももちろん『初めて』であってほしい。

私が『初めて』なのに相手が『初めて』ではないなんて、負けた気がして屈辱的。

あと普通に他の女の残滓《ざんし》が残っている気がして気持ち悪い。

だからこそ、早めにスペックの高い男を見つけなくてはならなかったのに……。

パパが私を女子校なんかに通わせるから、私の人生設計が狂ったんだ。

あーあーあー。自分で選んだ道とはいえ、私はいつまで処女でいればいいのかな。

少なくとも、こいつらにだけは処女とバレるわけにはいかない。プライド的に。

だからあのくず男に会った時、これで無駄な引け目を感じる必要がなくなる。私は完璧な存在になれるんだ！　なんて考えたりしちゃって……。


……もうどうでもいいや。さっさと帰ろう。

私は立ち上がると既に違う話をしている彼女らに、帰る、とだけ告げて校門へと向かう。

彼女らは一言、また明日ねー、とだけ言うと、そのままおしゃべりに戻った。

きっと、この後は私の悪口で盛り上がるのだろう。悪口を言うことでしか自尊心を満たすことのできない可哀《かわい》そうな種族——ブスという種族の人たち。

整形したらどう？　一千億円かければ劣化版の私になれるんじゃない？　無理か。

今日は期待を裏切られて、非処女と嘘《うそ》をつかされて、周囲から変な目で見られて、３Ｂは相変わらずうざくて……。毎日最悪だけど今日はもっと最悪、死にたい。

私は全身から不機嫌オーラを出しながら学校を出る。すると、文学部校門前に見慣れた高級車が止まっていた。フェラーリだ。その車の前に、一人の気障《きざ》ったらしいおっさんが立っていた。周囲の女子大生からキャーキャー言われて年甲斐《としがい》もなく得意げになっている このおっさんは、私のことを見つけるとウインクをしながら話しかけてきた。

「ご機嫌よう、僕のお姫様。さあ、お迎えの時間だよ」

格好つけたこのおっさんは、服は高級ブランドのスーツで固めており、時計は超・高級品。先ほどのくず男が一部分だけを高級品で固めるのに対し、このおっさんは全てを超高級のブランド品で固める。

個人的な好みの上では、いかにも金持ち風な装《よそお》いをしているこの男の方が嫌いだ。ただ、こういう服にお金をかける男は、貢《みつ》ぐことにも大してこだわりはない。だからこそ、私はこのおっさんを重宝している。

「約束の時間までまだあるし、そもそも待ち合わせ場所ここじゃなくない？」

私は冷たく言い放つ。学校の同級生に見られると面倒なので、待ち合わせ場所はもっと別の場所にしている。なのに、勝手に学校前まで来やがって……。

「やれやれ、姫はどうやらご機嫌斜めらしい。大丈夫だよ。僕が話を聞くからさ」

五十近いおっさんだというのにもかかわらず、気障なセリフを臆面もなく言い放つ。当然のごとく周囲からの視線が物凄《ものすご》く痛い。

畏敬や嫉妬の視線ならまだいい。ただこの視線は軽蔑の視線だ。

きっと私がフェラーリを乗り回すおっさんと大学帰りにドライブするという噂《うわさ》は、あらゆる尾ひれをつけて、明日中には学部内、いや大学内全てに広まるのだろう。

私はわざと大きな音で舌打ちをすると、助手席に乗り込んだ。乱暴に扉を閉め、顎で早く発進させるようにと雑に促すと、そのままスマホをいじり出す。

「わかったよ、姫」

そういうと、おっさんは周囲のブスどもに律義《りちぎ》にウインクをし、扉を閉めた。

「さて、シートベルトはちゃんとしたかな？」

私が短く適当に返事を返すと、満足そうな表情をしてフェラーリを発進させた。

＊

「それで？　姫はこの後どこに行きたい？　何か買ってほしい物とかあるかい？」

車を三分程無言で走らせ、私の機嫌が落ち着いたタイミングを見計らって尋ねてくる。

「……別に。というか、姫ってやめてよ。恥ずかしいから」

「そうかい？　三姫は僕にとって何よりも大切なプリンセスなんだけどな」

そんな調子のいいことばかり言ってくる。ハンドルを握っていると助手席からは左薬指の指輪がキラリと光るのが見える。僕は妻一筋だ、なんていつも言っているくせに。

「……なんで何の連絡もなく勝手に来るのよ。……皆に見られたじゃん……」

私は恨みがましい目を運転席に向ける。別に、このおっさんのことを隠す必要があるわけではないのだが、それでも気恥ずかしいのは私が思春期だからか。

「そうかな？　女子大生が年上の男性と一緒にいるところなんてSNSでよく見るけどねえ」

「SNSやるの禁止しているくせに……」

おっさんは肩をすくめるような動作をする。その仕草にイラッとくる。

「もし三姫がSNSをやったら、厄介なことに巻き込まれるに決まっているからね。それに、SNSは現実世界で承認欲求を満たすことが出来ない人間の最後の手段として使われるものさ。三姫みたいに、ただ歩いているだけで皆から注目される、生まれながらの『奇跡』のような存在には不適なものだよ」

別にSNSをやりたいという思いはない。だけど、他の奴《やつ》らに遅れていると思われるのは正直本当に嫌だ。そんなこと言ってもわかってはくれないだろうけどね。

「そもそもね、僕とデートをすることは別に恥ずかしいことじゃない。僕は三姫とデートが出来て幸せ、三姫は色々なものを買ってもらえて幸せ、何て美しい関係じゃないか？」

「でも……でも！　皆に、ファザコンだって思われるじゃん！」

年頃の娘にとって、実の父親と一緒に買い物に行っている、という事実は正直とても隠したいことだ。

正直男のことをＡＴＭだなんだと言ってはいたが、私の持っているこのブランド物のバッグだって、香水だって、ネックレスだって、イヤリングだって（ピアスは怖いからヤダ）、全部全部パパに買ってもらったものなのだ。

別の男に貢がれた（貢がせたとも言う）ものも、あるにはある。ただ、どれもセンスがなかったり安物だったり、なんか気持ち悪かったりして、どうしても身に着ける気になれないのだ。そういう残念なものは、大体３Ｂにあげている。

私にとって重要なのは、男に貢がせるという行為そのもので、貢がれるものに対しては特に興味はない。

車が赤信号で止まると、パパはふう、と息を吐いて言った。

「いいじゃないか。家族を大事に出来ない女性よりも、家族を大事に出来る女性の方が男心にはぐっとくるものだよ。特に、結婚を意識するとどうしても家族同士の付き合いも生まれるからね。こうした一挙一動が三姫の女子力を一層向上させているのさ」

「これ以上私の女子力を上げて、誰が太刀打ち出来るのよ」

既に対戦相手がいなくて、処女を拗《こじ》らせているというのに。

……いや、拗らせてはない。間違いなく。うん。

「だからこそ、彼氏にする男は姫に相応《ふさわ》しいレベルでないとね。ただそんな男はパパ以外にはそういるものじゃない。ゆっくり探せばいいよ」

パパは機嫌良さそうに人差し指でフェラーリのハンドルをリズムよく叩《たた》く。

「三姫の笑顔を引き出せる男は、この世界で僕だけだからね」

見る人が見れば、きっとこんなおっさんでも、この微笑《ほほえ》みにぐっとくるのかな。

私は、一回深く息をつくとスマホをバッグにしまい、パパの方を見つめて言った。

「ねえパパ。私の笑顔ってカワイイ?」

「もちろんさ。二十年見てきても全く飽きないレベルだよ」

「……ふーん」

即答してくれるのは、私が娘だからか、それともパパがモテる男だからか。

それでも、カワイイと言ってくれるのは嬉《うれ》しい。嬉しいはずなんだけど……。

「それにしても急にどうしたんだい？　学校で嫌なことでもあったのかい？」

「別に」

嫌なことなら毎日あるし。

そこで話は一回切れたが、車が赤信号に捕まった時に今度は私から話題を振った。

「そういえば、今日九頭竜《くずりゅう》とかいう男に口説かれたよ」

「はっ⁉」

パパが凄い勢いで私の方に向き直る。そして、慌てた様子で私に詰め寄ってくる。

「九頭竜って、九頭竜王子のことかい⁉」

「え、あ、うん。そう……だけど」

私の返答を聞くと、パパは少し慌てたような、絶望したような表情をしている。普段飄々《ひょうひょう》としているパパがここまで取り乱すのは珍しく、私は純粋に驚いた。

……あのくず男、社会的に有名な『くず』っぷりなの？

「そ、その男と付き合うのかい？」

「いや、絶対ない。あり得ない。付き合わないよ、あんなくず。私の方から願い下げ」

「そうか！」

パパはあからさまに安堵《あんど》した様子で、嬉しそうな顔でそうかそうかと何度も頷《うなず》く。

そのタイミングでプップーッと後ろの車からクラクションが鳴らされてしまう。とっくに青になっていたようだ。パパはハザードをつけて、慌てて発進させた。

私が九頭竜王子とかいうあのくずと付き合うことがないとわかったからか、パパは機嫌良さそうに話す。

「いいかい、三姫。男と付き合うなら必ず以下の条件を守ること。家柄が良いこと、腕っぷしが強いこと、自分で金を稼げること、男にモテること、三姫のためならどんなリスクもとれること。これら全てを満たして初めてパパが交際を考えるからね」

パパの言っていることはもっとものように感じる。なんか極端な気もするけども。

「男にモテるって何？」

「うん、これが大事なことでね。男に尊敬される男は結構いる。男に信頼される男もね。

でも、男にモテる男は中々いない。もちろん、性的にそういうのが指向の人は除いてね？　つまり、その男のためなら何でもしてくれるような、そんな男友達がいる男を選びなさいということだよ。逆に三姫も、女にモテる女を目指すんだよ？」

「ふーん……」

相槌《あいづち》は打ったものの、正直あまり共感は出来なかった。人間なんて結局、マウントを取り合うだけの存在だと思っている。

そんな良い関係を作れる男がこの世にいるとは到底思えなかったし、そもそも私だってそんな良い関係を誰かと作れるなんて全く思わなかった。

「はあ……」

私は深いため息をつく。卒業式はまだまだ遠そうだ。

「姫、パートナーはゆっくりじっくり探せばいいよ。それまではこのパパとずっとデートをすればいいんだからね」

――くずside――


カズと別れた後、俺はそのまま成城学園前駅近くにある自宅へと帰った。

帰りの小田急線では、カズに言われていたことが頭の中でリフレインしていた。

金を払って女を抱くのか、いつまでも童貞を引きずるのか。

自尊心がぶっ壊れそうなほどに屈辱的な思考を続けていると、いつの間にか家に着いていた。俺はポケットに入れていたカギを取り出して、ドアを開けた。


「おかえりなさい」

ドアを開けるとすぐ目の前に、絶世の美少女がいた。

艶を帯びた美しい髪、ぱっちりした柔らかい瞳、少しもあざを付けたくない美しい肌、透き通る滑らかな声、そして思わず抱きしめたくなるほどスラリとしている華奢《きゃしゃ》な体。

数えきれないほどの美姫《びき》を見てきた人であろうとも、この美少女を見ればたちまち目を奪われてしまうだろう。


「今日はいつもよりも遅かったね。お兄ちゃん」

そう、何を隠そうこの美少女はこの俺の妹である。現役高校二年生で名前は九頭竜真《ま》白《しろ》。名前の通り、心も肌も真っ白な自慢の妹だ。

それにしてもいつも思うが、なんとタイミングのよいことか。

玄関前でずっと待っているんじゃなかろうな。

「……そうなんだ。でも、ちょっと、遅い……よね？」

「うむ。カズと少し、な」

真白は笑顔で俺にそう聞いてくる。ブスの笑顔は見るに堪えないが、美人の笑顔は見ると怖い。特に真白のように美しい声をしていると、そのギャップのせいか迫力が三割増しだ。俺は、真白の問いかけに対し若干つっかえながらも答えた。

「し、しかし……、今は十八時三十分過ぎで、門限には十分間に合っているぞ……？」

真白は俺の慌てぶりを可笑《おか》しいと思ったのか、クスクスと笑いながら言った。

「わかってるよ、もう。……だから全く怒ってないよ？」

そして右人差し指を唇の下に当て、目を細めると、

「門限過ぎたら……真白、絶対に許さないし」

その言葉に俺はぞっとした。去年に一度、うっかり門限を過ぎてしまった時は三か月間財布とスマホを没収され、毎日ひもじい思いをしたものだ。その時はカズもまるで誰かに

脅されているかのように全く助けてくれなかった。

それを見かね、真白は途中からお手紙入りのお弁当を毎日持たせてくれたが……。

大学生にもなって高校生の妹にお弁当を作ってもらうのは、こう……どうもなんか気恥ずかしさがあって避けたかった。

加えて、毎日そのお手紙にお返事を書くのがちょっと面倒くさかった。

書かなかったらもっと洒落《しゃれ》にならない事態になるし。


両親が仕事でほとんど家に帰ってこないため、基本的に炊事、洗濯、掃除といった家事や門限などの俺への躾《しつけ》は妹に一任されている。だからこそ、俺へのお説教も真白が担当してくれている。何て頼りになる妹だろうか。


俺の顔面が蒼白《そうはく》になったことに気が付いたのか、真白が若干申し訳なさそうに言った。

「ごめんごめん。本当に怒ってないから大丈夫。でも、気になっちゃって。今日は三限まででしかないはずだから、十六時には家に着くはずだったなー、って思ってさ」

「そうか、確かにいつもはそれぐらいだな」

「カズさんと遊んでくる時も、大体連絡くれるし……。一人で待ってたんだよ？」

「すまん。うっかりしていた。ちょっと学校で色々あってな……」

真白は一通り俺が遅くなった理由を聞いて満足したのか、髪をかき上げ耳にかけると、見る人全てを魅了する美しい笑顔、愛らしい声で言った。

「お兄ちゃんもそろそろ靴を脱いで上がりなよ。ぜーんぶ準備、できてるよ？」

そして、一瞬その次の言葉を溜《た》めると、

「ご飯にする？　お風呂《ふろ》にする？　それとも……妹？」

「妹で」

真白は満足そうな顔をすると、若干顔を赤らめ、恥じらいながら言った。

「じゃあ、真白は自分のお部屋でお着替えして待ってるね。お兄ちゃんは手洗いうがいをして、準備が出来たら真白のお部屋に来てね？」

＊

「くううう……くうう……くうううううう！」

「よしよし。また裏切られちゃったんだね。また辛《つら》い思いをしちゃったんだね。大丈夫だよ。真白は、真白だけは絶対に、絶対にお兄ちゃんを裏切らないからね」

手洗いうがいをすませ、俺は妹の部屋の妹のベッドの上で妹の膝に顔を押し付け泣いていた。妹である真白は膝枕状態の俺の頭を優しく撫《な》でてくれている。

俺が辛いことがあった時には、いつもこうして膝枕で慰めてくれる。

顔を押し付けている真白の太ももが柔らかくて気持ちいい……。


俺は妹枕で、今日あった辛いことをぽつぽつと妹にこぼしていた。

俺に相応《ふさわ》しい凄く良さそうな女の子がいたこと、放っておけない雰囲気だったこと、向こうの感触も良かったこと、初彼女・脱童貞を期待していたのに非処女のヤリまくりクソビッチだったこと、最終的に逆切れされたこと。

もう一度言語化してみると、情けなさからか涙が溢《あふ》れて止まらなかった。

一通り泣き喚《わめ》き終えると、俺はうつぶせの状態から仰向けの状態になり、真白の顔を見上げる体勢になった。真白の唯一の欠点は胸が平均的なところだけだ。

俺の理想では、こうした状態になった時に胸が邪魔して顔が見られなくなるぐらいが丁度いい。ただ、真白は妹なので別に胸がなくても俺が気にすることはないのだが。

真白は仰向けになった俺の頭を、なおも優しく撫でながら、慰めるような諌《いさ》めるような声色で言った。

「お兄ちゃん、諦めちゃダメだよ。妥協しちゃダメだよ。自暴自棄になっちゃダメだよ。完璧超人でこの世界の完成品で人類史に残る英雄レベルの『天才』なお兄ちゃんが、低レベルのゴミ女どもを相手にしちゃダメだからね。遺伝子の無駄撃ちだからね」

　真白は昔から俺のことを最高の存在だと、最高の男だと言ってくれる。真白がそう言ってくれるから、俺はいつだって真白にとって誇れる兄になろうと頑張れるのだ。

　……だからこそ、一層誇れる兄になるために一刻も早く童貞を捨てるべきなのだ。

　俺は真白に膝枕されている状態で、神妙な面持ちになって言った。

「真白、実はお兄ちゃんな──」

「ダメだよ」

　今までにないほど強い否定を感じた。大きく開かれた真っ黒な瞳孔が俺を見つめてくる。

　真白は、俺の頭を撫でるのをやめ、代わりに両手を俺の頬に優しく添えて言った。

「絶対にダメだよ、お兄ちゃん。カズさんに何を言われたかは知らないけど、許さない」

笑顔ではっきり言い放つ真白の手には徐々に力が込められていき、俺の頬と心に確かな圧迫感を与えてくる。両手で拘束されているため、真白の瞳から目を逸《そ》らすことが出来ない。というか、それを許さない雰囲気がある。

真白の魔性の笑みに心臓がキュウと引き締められ、喉が張り付くような感覚を覚えたが、それでも何とか声を絞り出した。

「ま、真白よ。俺はまだ何も言っていないぞ？　何を言うつもりかわかっているのか？」

「さっさと童貞を捨てようってことでしょ」

筒抜けだった。妹にまで『童貞』とバレてしまっていることへの恥ずかしさ、情けなさのせいで、よりこの状況から一刻も早く抜け出したいという想《おも》いが強くなる。

「た、確かにその通りだ。しかし、しかしだ真白。この世界には何十億という数の女がいるんだ。その女の中からたった一人、この俺に相応しい相手を選ぶとなれば、それこそ運命が過分に味方をしてくれないと叶《かな》わない。いくら俺が神に愛された存在とはいえ、このままたった一人の女を探す行為に拘泥《こうでい》してしまえば、最悪、俺という『天才』の遺伝子を残すという使命が果たせなくなってしまう。だからこそ、一先《ひとま》ず経験を積み、より多くの女性と関わる機会を増やす必要があると思うんだ。決して俺に相応しい女を探すことを諦めたわけではない。とりあえず、抱いてから考えよう、ということだ。わかるか？」

「わからない」

真白の声がより平坦《へいたん》なものになり、顔からは張り付けたような笑顔が消え去って、能面のような無表情で俺を見下ろす。心なしか瞳はより黒みを帯びてきた気がする。手に込められた力は強くなり、俺の美しい顔が潰されてタコのようになってしまった。

真白はそのまま顔を俺に近づける。

真白の美しい髪が俺の鼻先にちろちろと当たってくすぐったい。

息をするのも少し憚《はばか》られるような距離になって、真白はその平坦な声のまま俺に言う。

「結局お兄ちゃん、SEXしたいだけでしょ？　バカな奴《やつ》らみたいに腰振って、同類になりたいだけでしょ？　そんな雑魚《ざこ》よりも格段に優れている自分が生殖行為の経験だけは劣っているって認めたくないのはわかるよ。否定したいのはわかるよ。だけど、抱いた女の数が何？　マーキングした女の数が何？　ゴミがゴミにゴミを植え付ける行為に何を求めているの？　まあ気持ちいいっていうから、したいと思う気持ちは否定しないし、それをすることは自体も否定しないよ。でも適当な女はダメ。非処女は絶対にダメ。お兄ちゃん、非処女とSEXするのは排水溝に腰を打ち付けているようなものだよ。キモイよ不潔だよ。絶対ダメ許さない止めろやめろヤメろヤメロ」

真白から叩《たた》きつけられる強い怒り。その迫力に俺は何も発することが出来なくなってしまった。ただ息をのんで、真白の光のない瞳をじっと見つめることしか出来なかった。

「お兄ちゃんの遺伝子をここで終わらせるわけにはいかないっていうのはわかるよ。だけど、迂闊《うかつ》な考えとくだらない見栄《みえ》で適当な女に種植え付けて、子供が生まれたら、その子はどれだけ可哀《かわい》そうな人生を送るか考えたことはある？　自分の半分は偉大で優秀な血が流れているのに、もう半分がゴミ遺伝子なせいで完璧な存在には絶対になれないんだよ。相手の女が他の男に托卵《たくらん》させたらどうするの？　お兄ちゃんの浅慮が、性欲が、行為が！お兄ちゃんの大事な遺伝子をゴミにする可能性があるんだよ？　わかってるの？　ねえ……わかってるの⁉　ゴミ女はゴミなことするからゴミなの。ゴミの再利用は同じゴミに任せればいいの。ゴミがゴミを処理するというエコをお兄ちゃんが壊すなんてエゴだよ。お兄ちゃんは自分の遺伝子をさらに高めてくれるような優秀な女を探し出して、いつでもどこでも好きなだけ種を植え付ければいいの」

「で、でも……二十年かけても……一人として、見つからなかったんだぞ……？」

俺が力なくそう呟《つぶや》くと、真白は無表情から一転、ニタッと口角をあげ、さらに顔を近づけて、ほぼほぼお互いの唇がくっつきそうな距離で言った。

「……真白がいるよ？」

俺は両手で真白の肩を押し返し、距離を取る。俺が突然距離を取ったのにもかかわらず、真白の不敵な笑みは消えることはない。俺はベッドの上に座りなおし、適切な距離を保ったまま、これだけはしっかりと伝えないといけないと思い強く言った。

「……いいか真白。俺らは兄妹《きょうだい》なんだぞ？」

真白は、ニタニタした顔のまま俺のその言葉を聞いていた。

しかし、少し——といっても俺には大分長く感じた——すると、ため息をつき、また帰宅した時のように右人差し指を唇に当て、先ほどまでの不敵な笑みではなく、艶美な笑みを浮かべてクスクスと笑いながら言った。

「お兄ちゃん、ちょっとその妄想はシスコンすぎるよ？　確かにお兄ちゃんはこの世界の男性の中では誰よりも大好きだけど……それはあくまでも家族愛です！　もう……恥ずかしいから変なこと言い出さないでよね！」

「そ、そうか……。そうだよな。いや、すまんな。せっかく真白が俺のことを慰めてくれていたのに、本当にすまん……。それに、俺だってお前のことを、この世界の誰よりも愛しているぞ。もちろん、妹としてだけどな！」

真白はその言葉を聞くと、うふふと可愛《かわい》らしい笑い声を出す。機嫌もすっかり直った様子でいつも通りの優しくて思慮深い妹になった。

真白はベッドの上に座りなおし、一歩分俺の方にまた近づいた。そして、俺の頭を両手で優しく包み込むと、そのまま自分の胸の方に抱き寄せた。

慎《つつ》ましくも柔らかいおっぱいが頭にあたって気持ちいい。妹とはいえ、おっぱいに貴賤《きせん》なし、なのか。それとも妹だから純粋に満喫できているのだろうか。俺が胸の感触を楽しんでいると、真白がまた俺の頭を優しく、よしよしと撫でながら、耳元で囁《ささや》いた。

「……お兄ちゃん。付き合う女の人は、処女で顔もスタイルも良くて頭が良くて家事が出来てSNSをやっていなくて家族を大事にしていてお兄ちゃんの本当の格好良さをわかってあげられる人じゃないと……真白は許さないからね、認めないからね？」

「……はい」

俺は真白の心地よい柔らかな肌に包まれているためか、徐々に眠気に襲われる。

「もし……もしだよ？　お兄ちゃんが適当なビッチ女をナンパしたり、あるいはエッチなお店に行って、大事な大事なまし……お兄ちゃんの童貞を無駄に捨ててきたら……」

ふーっと俺の耳に息を吹きかけ、ますます全身で真白の心地よさを楽しんでいる俺に、続けて真白は、今までで一番深く低い声で囁いた。

「真白、学校の男子全員とSEXするから」

「それだけは本当に勘弁してくれ！」

俺は一瞬で現実に戻され、絶叫する。勢いよく真白の胸から離れ、立ち上がった。全身で感じていた癒《いや》しはどこかに消え、その代わりに全身から震えが止まらなくなった。

全身から冷汗をだらだらと流しながら痙攣《けいれん》する俺に、真白は悪戯《いたずら》っぽく言った。

「うっそー。……うふふっ」

この瞬間だけを見ると年相応の可愛らしさを感じられる。しかし、でもさー、と真白は表情は笑いながらも全く笑えていないその可愛らしい目を俺の方に向けて続ける。

「お兄ちゃんが真白に言っていることって、真白がお兄ちゃんに言ったことと同じだよね？　お兄ちゃんは良くて、真白はダメなの？　ねえ、ダメなの？」

きゅるんっという効果音が似合いそうなかわいいポーズを取りながら真白は言う。俺は膝から崩れ落ち、自らの失態を強く恥じ後悔した。

「すま……ごめんなさい……ごめんなさい……。だからそれだけは止《や》めてください……止めてください……」

俺は土下座をしながら、弱弱しい声で懇願した。真白は満足そうに、ふふふっと笑うと、ベッドからよいしょと可愛らしく立ち上がった。

「はい、止めてあげます。もう二度とこういう冗談は言いません。お兄ちゃんに辛《つら》い思いもさせません。だから、お兄ちゃんも変なこと言わないでね？」

「畏《かしこ》まりました……」

土下座の状態で、何とか真白様のお許しを頂戴した。

真白は、あーあとわざとらしく言いながら自分のお腹《なか》をさすると、

「なんだかお腹すいちゃったね。すぐできるから、もうご飯にしよ？　サイゼリヤで少しつまんだみたいだけど、夜はハンバーグにしました！」

「おお！」

俺は夕食のメニューに歓喜し、拍手をして喜んだ。……ん？

「あれ？　俺って真白にサイゼリヤに寄ったこと話したか？」

「…………」

真白は背中を見せたまま、微動だにしない。あまりにも身動き一つ、呼吸音一つしないので、時が止まったのではないかと思わず錯覚してしまうほどだ。

「ふう……」

真白はため息をつくと、こちらの方を振り返り両手を腰にあてて、やれやれと呆《あき》れながら言った。

「カズさんから聞いたに決まってるじゃん！　お兄ちゃんが遅いから心配になったの！」

「そ、そうか……そうだよな……本当にすまん……」

「もう……変なこと言ってないで、早く食べよ？」

そういって真白は部屋から出ていった。

……はあ。今日は真白を怒らせてばかりだな。真白の好きなプリンを買っておいてよかった。これで少しでもいいから機嫌を直してもらおう。それにしても――

「カズ、俺の代わりに真白に連絡入れてくれていたのか。後で礼を言っておくか」

――ビッチ side――

神様はバカだ。優れた才能を持つ人を作ったのに、その才能を埋もれさせるような環境を作ってしまう。不出来どもを作りすぎたせいで、無能が一致団結して有能を排除するシステムになってしまった現状を早急に解決する何かが欲しい。

具体的には名前を書けば相手が死ぬノート。

私は教室で、周囲からヒソヒソとこちらに向かって何かを言われているのを感じ取りながらそんなことを思った。

あの九頭竜とかいうくずが来た翌日、想像通り学内最高レベルの美男美女兼嫌われ者の称号を恣《ほしいまま》にする私たちの邂逅《かいこう》を、揶揄《やゆ》しているのか嫉妬しているのかは知らないが、その話が尾ひれだけではなくアクセサリーまでつけて自由気ままに学校内を縦横無尽している。

今日の二限の授業はチームBの三人の内、B菜だけがいる。

一応ペアになる相手がいないという事態は避けられるが……。

それにしても、このブス女はいい男が周りにいないと私と話す気ゼロですか。ずっとスマホでインスタグラムとやらを見て、ちょくちょく舌打ちをしている。他人を羨むぐらいならば見なければいいのに。

この教室をちらりと一望しても、私に相応《ふさわ》しい容姿を持つ男はいない。汚らしい髪色に声、背が低くて足も短く、会話の内容も低俗でつまらない。流石《さすが》にもう気が付いたことだが、この大学には私に似合う男がいない。

一瞬だけ、あのくずイケメンの顔が脳裏をよぎったが、すぐに消し去る。

いくら顔がいいからといって、あれに手を出したらおしまいだ。

授業が終わると、どうやら外に他のチームBがいるようで、私はB菜の後ろについて教室を出た。特に会話もなく教室のある棟を出ると、そこにはいつものブス二人だけではなくて、それなりのレベルの女の子もいた。

この大学では中の上ぐらいの女の子だろうか。ただ、如何《いか》にも男慣れしてなさそうな純粋そうな女の子だ。

「おっぱいおおきい……」

誰にも聞こえないような小さな声で私は呟いた。この女は巨乳、しかもロリ巨乳。身長は150cmもないと思う。私が見下ろすレベルだ。しかし胸力はまさかの私超え。何と、一部分とはいえ、私を超える才能を持つ女に出会えるとは——うん、イライラするぞ。

「あれー！　おバカちゃんじゃん」

下の中レベルの容姿のB菜が、中の上のロリ巨乳の女の子を蔑称で呼ぶ。

「若菜《わかな》ちゃんやっほー」

ロリ巨乳がB菜の名前を呼ぶ……。ああ、そんな名前だったな確か。忘れてたわ。

というか、このブス菜はどうしてこのロリ巨乳相手にそんな勝ち誇った顔をしているのだろう。レベルの差をわかっていないのだろうか？

相手の戦闘力がわかるあの道具、いる？

女子同士で何より大事なのは、いかにマウントを取れるかだ。

誰かにマウントを取れるほど、特に何も優れたところのないブス菜がこんな舐《な》め腐った呼び名で呼ぶ理由は一体何？

「あのダサ彼氏とはもう別れたー？」

「もー！　今でもラブラブだよぉー」

「えぇー、おバカちゃん可愛いんだからもっとレベルの高い男狙えるって！」

ブス菜、お前がモテないのはそういうとこだぞ。まあ、こいつは放っておいて、このロリ巨乳が下に見られている理由がわかった。彼氏のスペックが低いからだ。

世の中には愛が全てとかいう奴《やつ》もいるが、愛で選んだ彼氏のスペックが低いと、こうして付き合った側が他の女子にマウントを取られ続けるという悲惨な目に遭う。

だからこそ、物心ついた女は皆、いかに周囲のメスに羨んでもらえるかという視点でのみ男を探すのだ。

まあ、だとしても私狙いのゴミどもに都合の良いセフレ扱いされているお前がマウント取れる相手ではないけどな。

「まあまあ、若菜もやめなよー。おバカちゃんはきっと顔じゃなくて性格であの人を選んだんだよねー？」

「本物の愛ってやつー？　すごーい、女の理想じゃーん！」

ブス菜以外のブス二匹が上から目線でそんなことを言っている。それにしてもこのロリ巨乳、彼氏をぼろくそに言われてこんなへらへらした態度って……キープか。

純情そうな顔をしてても、結局はやることやってるのね。

私はロリ巨乳への興味を早々に失《な》くし、ブス四匹を置いてその場を離れようとする。すると、B美が頼んでもいないのにロリ巨乳を私に紹介してきた。

「三姫《みき》ちゃん三姫ちゃん。この子、理工学部の子で新歓の時に仲良くなった、葉嘉《はか》七海《ななみ》ちゃん。ハカちゃんだから、皆からおバカちゃんちゃんって言われてるの」

「明美《あけみ》ちゃんやめてよー。バカじゃないってー！」

ロリ巨乳がその小さな体と大きな胸を振り回しながらあざとく言う。あざといのは別に女の武器を上手《うま》く使えている証拠だから私は全然良いと思うけど、こんな扱いされてまでこういう態度に出られるのは呆れを通り越して軽蔑する。

ロリ巨乳――ハカさんが、改まって私に言ってくる。

「どうもー！　葉嘉　七海でーす。七海って是非是非呼んでね！　よろしく！」

「当然知っていると思うけど、私は美地原《みちはら》　三姫よ。ハカさん、あなたと仲良くする気ないからよろしくはしない」

私の言葉に対し、ハカさんは呆気《あっけ》に取られたような顔をする。私の素っ気ない返事を聞き、しばらくぽけーとバカみたいな顔をしていたハカさんは、しばらくすると、ふむふむと言いながら私の周囲を回り、じろじろと全身を見てくる。

……うっざ。帰っていい？

「なるほどなるほど」

ハカさんは満足したように、ふむ、とだけ漏らすと私の方に右手を差し出して言った。

「三姫ちゃんって呼んでもいいかな？　三姫ちゃん、私の方はあなたとよろしくしたいから、もしよかったらこの後二人でお昼食べようよ！」

＊

「んまー！　やっぱたい焼きはあんこに限るねぇ」

どうしてこうなった。

私は今、先ほどのバカ巨乳と大学近くの神社で手に持ったたい焼きでお昼にしようとしている。うん、麗しの女子大生のお昼ではないし、なんか罰当たりな気もする。

「どうしたの？　これは私の奢《おご》りだから遠慮なく食べてよ」

ニコニコしながら、ハカさんは私と彼女の間にある袋から続々とたい焼きを取り出して一匹一匹尾っぽから丁寧に食べている。口周りについたあんこを、舌ですくって口に運ぶのがなんだかいやらしくてあざとい。

「……ありがとう。いただきます」

私は一応奢って貰《もら》ったお礼を言い、手に持っているたい焼きを口に運ぶ。

なんでこんなことに、と問われれば、脅迫されてとしか言うことが出来ない。

二人でお昼に行こうと言われ、私は当然断った。しかし、ブス女どもが「行ってきたら？」とか余計なことを言って私を置いて三人でお昼に行ってしまったのだ。

別にぼっちでも高貴なる私にとっては大したことではない。だから、無視して一人で行こうと思ったのだが――

「三姫ちゃんってあの九頭竜王子くんと付き合ってるんでしょ？」

「は？」

――と、いうわけです。業腹《ごうはら》で面倒だが、その誤解を解くためにわざわざ貴重なお昼の時間を使ってまでこのバカ巨乳をわからせてやろうと思ったのだ。

人気《ひとけ》のない所を選んだのは、私たちの会話が漏れて、これ以上誤解が広まることを私が恐れたからだ。それにしてもたい焼きって……。

私はたい焼きを一つ食べきり、持っている除菌シートで手を拭く。

……美味《おい》しいわね、これ。目線は前を向いたまま、手を隣にあるたい焼きの袋に入れる

――が、袋の中はからっぽだった。

「ふぃー。くったくった」

隣でお腹《なか》をさすりながら、先ほどコンビニで買ったコーラを飲んでいる女がいる。

……ふーん。別にいいけど、奢りだとか言いつつ一人で食いすぎじゃないですかね。

私は苛立《いらだ》ちを隠しながら、先ほどハカさんと同じタイミングで買った常温の水を口に入れ、甘ったるい口の中を浄化する。

「ねえ三姫ちゃ——ゲェッ！」

私に話しかけようとした瞬間に、お腹でコーラの炭酸が膨らんだのか、大きなゲップを隠すことなく出す。いくら周囲に誰もいないとはいえ、本当に恥ずかしいから真面目にやめてほしい。

「失礼」

ハカさんは少しだけ恥じらいつつも、すぐに調子を取り戻し、再度話しかけてきた。

「三姫ちゃんって、処女でしょ」

「…………は？」

時が止まったような気がした。ニコニコと、まるで日常会話でもするかのようなテンションで私のトップシークレットに踏み込まないでほしい。

私は冷静になるために、額に右手を押し付けながら大きく息を吐く。

「答えにくい？　でも答えてほしいな」

そういうとぐいっと身を乗り出してきた。距離が近い。なんだこのバカ女……。

私が顔全体で不快感を表していると、ロリ女は頰を掻《か》きつつ言った。

「で？　処女なの？　違うの？」

「……処女なわけないでしょ」

決定。もうこいつとは関わることはない。だとしても、どこから噂《うわさ》がこぼれるかはわからないからこいつにも処女であることを隠しておく。というか、私の可愛《かわい》さとモテっぷりを見れば普通の人は処女だなんて思わないでしょ。

私という美少女が処女という『奇跡』を、当然のことのように語らないでほしいのだけれど。

「ふーん……」

ハカさんはどうにも納得をしていないみたいで、疑うような反応を見せてくる。

「というかあなた、私が九頭竜くんと付き合っているって思ってたんじゃないの？」

「ああ、それは三姫ちゃんを釣るための餌だよ。竜くん——九頭竜くんは、私の彼氏の親友だもん。付き合っていないことぐらい知ってるよ」

……え、ってことは……。

「あなたの彼氏ってあの地味メガネ？」

「あはは——……辛辣な表現されちゃってるよカズくん」

思わず失礼な表現をしてしまった。それにしても、初対面の女に彼氏をこんな風に表現されて全く気分を害した様子を見せないこの女。本当は浮気《うわき》でもしてるんじゃないの？

まあ、それは置いておいて。そういうことなら話は簡単。

「ならもうあなたに用はないわね。さようなら。不愉快な時間だったわ」

「わわわ！　まってまってまってよ。ごめんって！　デリケートな話題に踏み入ったのは謝るよ！」

「……何？　他に何もないなら帰るわよ？」

必死にしがみついてくるハカさんに、私は嫌々ながらも返事をした。するとハカさんは少し考えるような素振りを見せ、名案でも思い付いたかのようにドヤ顔で言った。

「ここはお互い、もっと知る必要があるね！」

「別に」

「そこでどうだろう！　次の日曜日に私とカズくん、三姫ちゃんと竜くんの四人でダブルデートでもしようじゃないか！」

「……は？」

「私は三姫ちゃんと仲良くなりたいし、カズくんともイチャイチャしたい。三姫ちゃんは竜くんとチュッチュ出来て、私ともベタベタ出来る。うん、いいね！」

　何を言い出すんだこのバカ巨乳は。脳内まで乳で出来ているんじゃなかろうな。その無駄にでかい乳を搾ったら母乳の代わりに脳汁でも出てくるんかいな。

　私は怒りを通り越して、呆《あき》れ、もっと言うなら疲れを感じながらハカさんに言う。

「……百万歩譲って私が処女だったとして。そこからどうして私とあのくず男がデートすることになるのよ」

　バカじゃないの、と吐き捨てながら私はそっぽを向く。それに対しハカさんは、本当に意味がわからないとでも言いたげに、あざとく首をひねりながら言う。

「でも、竜くん——九頭竜　王子くんのこと、三姫ちゃん気になって気になって仕方がないんだよね？」

「……」

「だって本当に嫌だったら私がダブルデートを提案した時に、私のことなんて無視して帰っちゃえばよかったもんね」

「……あなたの考えすぎ。私はあのくず男、本当にどうでもいいと思っている。私レベルの美少女なら、あの程度の男いくらでも――」

「いないよ」

ハカさんが私の言葉にかぶせるように言う。相変わらずニコニコと気味の悪い笑みを浮かべているが、その目は全く笑っていない。

「竜くんを超えるレベルの人なんて、これから先絶対出会わない。ううん、出会えないよ三姫《みき》ちゃん。絶対にね」

絶対を強く強調するハカさんに、私は思わずたじろぐ。

これまで見てきてバカっぽい仕草や行動はあざとさを出すための演技だとは思っていたけど、その裏は想像よりもずっと闇が深そう。

でも、これでこのバカ巨乳─葉嘉《はか》七海《ななみ》が私に接触してきた理由がわかった。

「ハカさん。あなた、私と九頭竜くんをくっつけたいんでしょ。理由は知らないけど」

その言葉を聞くと、ハカさんは怪しげな笑みを止《や》め、またバカっぽい様子に戻る。

「だいせいかーい！　なんで、どうしてってのは単純に彼氏の親友兼私の良き友人の幸せを願っているからだよ！　今日三姫ちゃんを見た感じ、二人はお似合いだったからね！」

本当の理由を言うつもりはない、ね。まあいいけど。

あのくず男とよろしくするつもりはないが、性格さえバレなければあの容姿レベルなら周囲にマウント取れるから、きっといい暇つぶしになる。

九頭竜くんには精々、私に酷《ひど》い暴言を吐いたことを後悔させてあ・げ・る。

私は髪をかき上げ、腰に腕を置きながら目の前でニコニコ（というより不気味にニヤニヤ）しているハカさんに言う。

「いいわ。ハカさん、あなたの口車に乗ってあげる。だから九頭竜くんに伝えておいて頂戴。この美地原《みちはら》三姫様が、非モテのあなたに一生の思い出をプレゼントしてあげる。しっかり財布に万券を入れておきなさい、ってね！」

「と、いうわけなので。二人とも今週の日曜日は空けといてね！」

――くずside――

四限終わり。今日の授業は終わり、あとは帰るだけだ。昨日の真白《ましろ》からのプレッシャーもあり、今日はカズと喋《しゃべ》りつつも足早に駅に向かおうとしたところで七海に捕まった。

俺たちは教室近くにあるソファーに連れてこられると、先のふざけた発言をされた。

七海はカズの中学生の時からの彼女で、もう交際六年目になる。

当時の七海は暗くてもっさりしていてまさしく陰キャだったが、今は髪も染め、メイクもばっちりとし、胸もたくましく成長し、いかにも陽キャですといった雰囲気だ。

しかし残念なことに、身長と頭は成長出来ずチビでバカのままだ。一応俺たちと同じ大学に進学しているが、理系を選んでいるため、キャンパスは少し離れた位置にある。

しかし……急に現れたかと思えば、なんかまたバカなことを考えてやがるな。

「な、七海？　今の、一体どういうことだ……？」

カズが戸惑いながら尋ねる。彼氏として何年も七海のバカな言動に振り回されてきたはずだが、そんなカズがここまで動揺するぐらい頓珍漢なことを言い出すこのバカ。

「だーかーらー、次の日曜日に私たちと美地原三姫ちゃん、あなたたちの言うビッチちゃんとダブルデートをするよ！　って言ったの！」

「待て、七海。それはこの俺様も入っているのか？」

「なーに言ってんの！　これは竜くんが三姫ちゃんと付き合うためのデートだよ？　主役が来ないでどうするのさ！」

　このバカは本気で何を言ってるんだ……？

　俺は責めるような視線で、親友でありこの珍獣の保護者でもある男を見る。見られた男はその視線にも気が付かず、何とかこのバカの真意を理解しようとしている。

　こいつの発言全てを理解しようとするその彼氏心は尊重したいが、お前が甘やかすから七海はこんなのになってしまったんだぞ？

「七海……。すまん、ちょっと順を追って、どうしてそうなったのか教えてくれないか？」

　カズが少し疲れたように言う。七海はにこーっと笑って俺たちの顔を見渡すと、自信満々に、褒めてくださいとばかりのドヤ顔をしながら言った。

「九頭竜、童貞やめるってよ。……ぷぷー！」

　どう？　面白い？　とばかりのドヤ顔でこちらを見てくるバカ女。俺とカズは示し合わせたように二人で一緒にこのバカへチョップを食らわせた。

　七海は、変な鳴き声を漏らしながらもその二撃を受け入れた。

「あばば！　いったぁ……。ううう……カズくんも竜くんも酷いよぉ……。私は二人が一番喜ぶ選択肢を選んだだけなのにぃ……」

「御託はそこまでだ。バカ女め。いいから、どうして俺があのビッチ女とデートをして、あまつさえ中古品に童貞をささげなくてはならないのだ。悪いが、真白から非処女との性行為は厳しく禁じられているのでな。悪いがそれは却下させてもらおう」

「……竜。……お前、ちょっと真白ちゃんとの距離は考えた方がいいぞ……」

　カズが少し心配したような表情で言う。それが俺には出来ないことは百も承知のはずなのに、こいつは時折こういう無茶を言い出す。そう思うならお前が真白に言ったらどうだと言ったことはあるが、その時は華麗にスルー。

　俺が無責任なことを言うカズを軽く睨《にら》みつけていると、チョップの痛みから回復したらしい七海が立ち上がって俺の方を軽蔑した目で見てきた。

「竜くんのシスコンっぷりは相変わらずドン引きで心底気持ち悪いけど」

「おい……」

「三姫ちゃんを逃したら、きっと竜くん三十歳近くまで童貞を引きずって魔法使いになるか、陰謀通りに犯罪者にされるよ」

「魔法使いは俺も不安視しているんだから触れてくれるな。しかし、犯罪者とはよく言うもんだな？　俺に抱かれて嫌がる女などこの世界にいないとはいえ、それでも無理やりだなんて、紳士のこの俺様がそんな愚かなことをするわけないだろう？」

「いや、レイプ魔の方じゃなくてきんし……ごめん、ちょっと急にとてつもなく悪寒《おかん》がしたから黙っとくね。まだ死にたくないし」

七海がふざけた様子から一転、顔を青くして言葉を濁した。どうしたんだ、とカズに聞こうと思い横を見ると、カズの額には若干汗が染《し》みついていた。

何だと言うんだ、二人して。

「まあ、その話はいい。こういう時、しつこく聞いても答えてくれないのはお前らカップルのあるあるだからな。それで、どうしてあのビッチなんだ？　確かに顔はいいが、尻軽股ゆるのビッチ女だろう？」

「そうだな。女は処女が至高とか、竜《りゅう》と違って俺はそういうことは言わないがやはり限度はある。少なくともあんな女が竜に相応《ふさわ》しいとはどうも思えないがな」

「自分は処女の彼女を手に入れておいてよく言うもんだ」

「お前は少し黙っていろ」

七海は俺たちの会話の掛け合いを黙って聞いていると、ちっちっちと口で音を出しながら人差し指を振った。そしてそのまま肩をすくめると、

「あなたたちは、本当に三姫ちゃんが非処女だと思っているのかね？」

『な、なんだってー！』

俺とカズの声が思わず重なる。俺たちは二人顔を何度も見合わせる。それほどの衝撃が今の一言にはあった。俺は狼狽《ろうばい》しながらも、七海に言い返す。

「し、しかしだ……。あいつはしっかり自分で、処女ではないと言ったのだぞ？」

「そ、そうだ。俺も竜の隣できちんと聞いていたぞ？」

七海はわかりやすく落胆した様子を見せ、額に手をあてやれやれと首を振った。そして、ダメな生徒に優しく教える先生のように、両の手を合わせて柔らかい声で言った。

「九頭竜 王子くん。あなたはいきなり、美少女に童貞ですか？ と聞かれたとします。

その時に、『おうともさ！　俺様は天下無敵の大童貞だぜ！』と自信満々に言い返すことができますか？」

「そ、それは……出来ない……。しかし！　男の童貞と女の処女はまるで価値が違う！」

「シャラ―――ップ！」

あまりの剣幕に俺もカズも思わず圧倒されてしまう。というか、他の学生たちが何事かとちらちらとこちらを見てくる。そろそろ五限が始まるから静かにしてほしい。

「処女は男にとって価値がある？　男はヤリチンの方がモテる？　この非モテども！」

七海は左手を腰におき、右手を突き出し、人差し指を俺らに向けてシャウトした。

「女だって処女なのは恥ずかしいし！　好きな男には童貞でいてほしいって思うのよ！」

『な、なんだってー！』

「もう授業が始まっているので、静かにしてください」

『すみません』

全く、とても言いたげな様子で初老の優しい教授が注意しに来た。正直騒ぎすぎたと思うし、何より会話の内容が神聖な学《まな》び舎《や》でしていいものではない。

七海は空気を元に戻すため、軽く咳《せき》ばらいをして、少し小さめの声で話を再開する。

「つまり、君たち男性諸君が思っているのとは違って、女性は初めてであるということは隠したい恥ずかしいものなの。反対に付き合ってもない男の前で『はじめてなの……』とか言ってくる女は十中八九ヤリまくりの股ゆる性病持ちゴミ女なのよ！」

小さな声で話せていたのは、ほんの数秒だった。

七海は先ほどの注意をもう忘れてしまったのか、なおも興奮した様子で語り出す。

「そもそも男はまるで女性経験が豊富なことをステータスかのように語るけど、それって結局『俺、浮気《うわき》するけど何か？』ということを言って回っているに過ぎないのよ。それなのに、俺はモテてるんだぜ？　とかいう謎のアピールをするために女子にも聞こえるような声でヤッてるアピールをするやつは本当にうざい、死ねばいいのに。お前との交尾なんて真っ当な女は誰も興味がねえよ。リサイクルショップで十円で大量安売りされているような中古女に数万払って色々な女とヤッた気になっているのマジキモくてダサい。臭い」

「じゃあ、童貞の方がモテるのか？」

「いや、大学生以上の童貞は童貞である真っ当な理由があるから少なくとも私は無理」

「おい、話が違うぞ」

真顔でドギツイ毒を吐き散らかす七海に真っ当な質問をすると、それに対する答えは、狙ったのかどうかは知らないが俺の心を大いに傷つけるものであった。

七海がちょっと涙目の俺に対し、両手をぶんぶんと振りながら、違うの違うの！ と言い訳を必死に言ってくる。

「竜くんが童貞の理由は決して竜くんだけに問題があるわけじゃないんだよ！ 詳しいことは言えないけど遥《はる》か昔から竜くんは童貞であるように仕込まれていると言っても過言じゃないの！ だから性格がドくずなせいでモテていないなんて思ってないよ！ それはモテない一因であってそれだけでは絶対にないよ！」

くずりゅう おうじに1000ダメージ。めのまえがまっくらになった。

「おい！ しっかりしろ！ 傷は浅いぞ！」

カズがふらふらしだした俺の肩をしっかりと摑《つか》んで支えてくれる。俺の目は既に焦点があっておらず、目の前にあるカズの顔が、グニャアと、とてつもなく歪《ゆが》んだ姿に見えるのは幻だろうか……。

その様子を見て、流石《さすが》に申し訳なく思ったのか七海は強引に話を戻してきた。

「こほん。……ま、まあだからね。三姫ちゃんが処女じゃないって自ら言ったとしても、それは処女じゃない証拠にはならないってことが言いたかったの。だから一度デートをして、処女かどうか、というよりも付き合えるかどうかを確かめてみてもいいんじゃない？」

「おい七海《ななみ》。お前はまるであのビッチ娘を処女だと思ってるように聞こえるんだが……？」

「あったりまえじゃーん。あのめんどくささは処女を拗《こじ》らせた女にしか出せないよ！」

そ、そうなのか……？　むしろ、あそこまで美少女なら処女と思う方が難しくないか……？　それとも、女にだけわかる何かがあるのか……？

「まあ、七海が言うことはわかった。俺たちは今まで、喋《しゃべ》れる女の子といったら七海か竜の妹か、あるいは久しく会っていないが、幼馴染《おさななじみ》もどきの三人しかいなかったからな。対女性に関して、俺たちよりも七海の言うことの方が信頼出来ることは認める」

でもな、とカズは続ける。

「たとえ処女であったとしても……竜があいつと付き合うのは、ちょっとなあ……」

「……過保護」

カズが俺を心配する言葉を言うのに対し、七海は不機嫌そうにジト目で返す。しかし、七海はこほんと咳ばらいをして調子を取り戻すと、

「だから、一回だけデートをしてみよう！ってなったの！ただ二人だけで行かせても絶対に失敗するって決まっているから、私とカズくんも一緒についてくの。デートというよりも男女混合で遊びに行く、っていう感じだよ」

どう？と言わんばかりにこちらを見てくる七海。

それに対してカズは疲れたようなため息をわざとらしく吐いた。

「もう何言っても無駄か……。向こうにはもう了承を取ってんだろ？」

「もっちー！ラインも交換しちゃったよ！」

ピースをして七海が言う。カズは俺の方を向き、肩に手を置いて聞いてきた。

「まあ、俺は一回ぐらい行ってみてもいいかなとは思うが……。竜、お前に任せるよ」

七海はワクワクした顔で、カズは慈愛に溢《あふ》れた顔で（俺に慈愛を向けてくれるのが男友達と妹しかいないのは置いといて）こちらを見てくる。

正直、個人的なことを言えばそこまで行きたいとは思わない。あのわずかな邂逅《かいこう》で俺は既にあの女に若干の恐怖とトラウマを覚えてしまっているからだ。

しかし、俺の股間というものは正直なもので、あのルックスレベルを持つ絶世の美女に、未来を創る我が遺伝子たちは色めき立っている。

理性であの女を否定するか、本能に従いあの女に会ってみるか。

俺が出した答えは——

「ふむ。お前らがそこまで言うなら仕方がない。七海、あのビッチ女に言っておけ。この九頭竜王子様がお前に本物のデートというものを——」

——そこで軽快な着信音が鳴った。

「あ、すまん。……真白から？　あ、もしも——」

『お兄ちゃん今週の日曜日死んでも外せない大切な用事が出来たから必ず空けといてね？空けないと夜ご飯もないし兄妹《きょうだい》の縁も切るしお兄ちゃんが泣いて謝るレベルの酷《ひど》いこともするし家族内で不和が起きて家族の誰かが死ぬという大惨事になるからね？　絶対だよ？　絶対だよ？　絶対に空けろ』

プツ、と通話がそのまま切られてしまった。暫《しばら》くの間、三人とも誰も何も言わない、いや言えない沈黙が続いた。二人が責めるような視線でこちらを見てくるため、こほんと咳ばらいをし、その沈黙を打ち破るため、決め顔で重い口を開いた。

「ごめん、行けなくなっちった」

＊

「おかえりなさい、お兄ちゃん。今日も真白のことを長い時間一人にしてくれたね？」

ドアを開けるとまたも完璧なタイミングで玄関にスタンバっていた目の前の最愛の妹──真白は、開口一番に俺への盛大な皮肉を、変わらず最高に美しく可愛《かわい》らしい笑顔で言ってくださる。ああ、真白の蔑んだ目が五臓六腑《ごぞうろっぷ》にしみわたるなぁ……。

「それで？　カズさんと七海さんは、今日はどのような御用で来られたのですか？」

「お、お邪魔します……」

「えーと、えへ、えへへー。真白ちゃん久しぶりー……」

「はい、お久しぶりですね。カズさんは十二日ぶり、七海さんは二十八日ぶりですね。真白とお兄ちゃんだけの家にようこそ」

真白の可愛らしい笑顔に対し、カズと七海は何故《なぜ》か全身をこわばらせ、汗をだらだらと流している。というか、七海はずっとカズの服の裾を摑んで俯《うつむ》いている。

若干の沈黙を挟んだ後、意を決したようにカズがここに来る途中で買ったちょっとお高めのプリンを真白に手渡した。

「真白ちゃん、これはほんの気持ちばかりのものだけど俺と七海からだ。夕飯時に来てしまって申し訳ない。よかったら少しだけ上がらせてもらってもいいかな？」

「やだ、私の彼氏カッコよすぎ……」

カズが丁寧な口調で真白に言う。それを見る七海は、どこかの広告で見たことがある、両手を口で隠した驚きのポーズをしている。そんな小芝居を見させられた真白は——

「……」

——沈黙。そう、沈黙だ。無視ではない。無視と判断するにはまだちょっと早いぐらいの絶妙な間がこの空間を支配した。その時間およそ二秒程度か。俺でさえ思わず唾を飲み込み後ずさるほどだ。そのプレッシャーを全身で受けている二人、特に七海の分も請け負っているカズの精神的負担は窺《うかが》い知ることが出来ない。

そもそも、なんで真白がそんなプレッシャーを出しているのかはわからないけどね！

「……はい。お気遣いいただきありがとうございます。大したおもてなしは出来ませんが、お兄ちゃんの大事なお友達ですものね。是非、ごゆっくりしていってください」

目に見えてほっとする二人。そして何故か俺もふう……と息を吐きだす。すると、ちらっと真白がこちらを見る。可愛いくりくりの瞳と目が合う。

……なんかすごい怖い……。


「お兄ちゃん。お二人を洗面所にご案内してあげてくださいね。手洗いうがいをしたら、ご飯にしましょう。今日は、たまたま、カレーにしたので皆様の分もありますから」

「お、おうわかった……しっかり菌を洗い流してくるな」

「はい。では、少しだけお待ちいただくことになりますがご容赦くださいね」

そう言って真白は玄関からキッチンへと向かう。玄関から真白が見えなくなると、七海がふひゅーと言ってカズにもたれかかった。

「はひい……。今日は特別に怖かったぁ……。いつもは可愛くてまだいい子なのに……」

「……俺はいつも怖いけどな……。今日は一段とやばかった……」

確かに今日はいつもよりも真白の機嫌が悪かったのは間違いない。しかし、怒られていたのは俺だけであって、カズたちには関係のない話だとも思うが……。

まあいい。終わった話だ。

俺は靴を脱ぎ、カズと七海を連れて洗面所に行く。順番に手を洗い、うがいを終え、口をぬぐっているとカズが鏡を見つめながら、よしっ！　と気合を入れていた。

「何とか、真白ちゃんに日曜日に四人で出かけることの許可を貰《もら》わないとな……」

二人が急遽《きゅうきょ》俺の家に来たのは、次の日曜にビッチ女とダブルデートをするという目的を果たすため、突然謎の用事がねじ込まれた俺のスケジュールを何とかするためだ。

個人的には、別日に変えようと提案をしたのだが、それは残念ながら却下された。

というのも、七海は何日に設定しようが最終的にこういう感じになる、とかよく訳のわからないことを言っていた。

そこで、二人が久しぶりに……というほどではないが、我が家へ遊びに来るついでに、真白にこっちの日程変更をお願いできないかということを尋ねに来たのだ。

俺たちがリビングへと入ると、テーブルには既に美味《おい》しそうなカレーライスとグリーンサラダ、それからグラスに水が注がれた状態で置いてあった。

「丁度出来ました。どうぞ、遠慮せずに召し上がってくださいね」

「わー！　美味しそう！　真白ちゃん、私たちの分まで本当にありがとうね？」

「急に来たから準備も大変だっただろう？　こんなに良くしてもらって申し訳ない」

「いえいえ、いいんですよ。お二方はお兄ちゃんにとっても大事なご友人ですし、私にとっても第二の兄、姉のような存在ですから。これくらいのことはさせてくださいね」

それに、と真白は笑みを浮かべながら続ける。

「お二方には、是非ともお聞きしたいことが沢山あります死ね」

貞淑な大和撫子《やまとなでしこ》にふさわしい美しい敬語で二人に返す。

それなのに何故、二人はカレーを前に固まっているのであろうか。

俺はいつもは真白の対面だが、客人を隣同士にするために今日は真白の横に座る。少し遅れて、意識を取り戻した二人も席に着く。二人が蚊の鳴くような声でいただきますと言い、スプーンでカレーをすくった。俺と真白も二人に続いてスプーンを手に取る。

「真白。いつもありがとうな。いただきます」

「ううん。私はお兄ちゃんに支えてられてばかりだから、家事ぐらいは役に立ちたいの」

「……真白。お前は笑顔でいてくれるだけで、それだけで俺の支えになっているよ」

「お兄ちゃん……！　真白……今日はなんだか……一人で寝るのは寂しいの……」

「やれやれ。もうすぐ十七歳だろ？　今日はカズたちもいるから、また今度な」

「……ぶー……」

俺たち兄妹の微笑《ほほえ》ましいやり取りを、七海《ななみ》は若干引いた目で見てくる。

このやり取りは言葉通りに日常茶飯事なのだが……。

何回来ていても、まだ七海は慣れていないようだ。黙々とカレーのみを見つめ続けているカズを見習った方がいいぞ。だが、意図せず真白の機嫌が急上昇したな。この流れからならば、ちょっとだけ聞いてみるか……？

「な、なあ真白さんや。今週の日曜日なんだけど」

「うん、日曜日はお母さんたちの所に顔を出しに行くんだから必ず空けといてね。明日飛行機のチケットを予約するから。まさか何か予定を入れたいなんて思ってないよね？　家族の方が大事だもんね？　絶対譲れないもんね？　私を裏切らないよね？　ね？」

「もちろん。しっかり空けているぞ」

「おい、日和るなよバカたれ」

七海の容赦のない言葉が俺を責める。

しかし、家族の関係と言われてしまえばこちらは何も言えない。

両親はフリーランスの医師として今はフィリピンに出張している。そのおかげで色々な面で自由を許されてはいるものの、やはり両親に長い間会えないというのは真白にとっては意外と寂しかったりもするのだろう。

だからこそ、俺は門限というものを許容し、一日中家にいる真白を出来るだけ寂しくさせないように配慮しているのだ。

そんな真白が両親に会いに行く、というのをどうして否定できようか。いつもは二週間前ぐらいに決めるのに今回はとっても急な決定だったのは置いておいて。

「それにしても、今回はだいぶ急だな」

カズが代わりに聞きにくいことを真白に聞く。真白は変わらず微笑を浮かべながら、

「はい、昨日お母さんから電話がありまして。声を聞いたら、久しぶりに会いたくなってしまったんです。真白一人で行くのも寂しいですし、兄も連れていこうかなと」

ほう。昨日我が母から電話があったのか。昨日言ってくれればよかったのに……。

俺、なんか忙しかったっけ……？　俺が落ち込んでいたから気を遣ったのか？

だがここで、ふととても重要なことを思い出した。

「……真白、母さんたちは今、フィリピンにはいない。心配させたくないから真白には伝えていなかったが、二人は今、紛争エリアに応援に行ってるんだ。……だから、残念ながら今はダメだ。」

言葉を失った様子の真白は、恨めしそうな目でこちらを見ながら甘えた声で言う。

「じゃあ二人で国内旅行行こうよ」

じゃあ、の話の流れはわからないがその目はマジだ。おっちょこちょいだなー、っていうものノリも通用しなさそうだ。微笑みもいつの間にか消えている。

「……最初からそれが狙いだったな……」

カズが聞こえるか聞こえないかぐらいの声でぼそっと言う。ちなみに七海は、会話には入らず一人でカレーを満喫している。あ、何も言わず勝手におかわりに行った。

「ねえいいでしょ？　いいでしょ？　行こうよ旅行久しぶりに二人でさ。温泉行こ？」

「……温泉となると、箱根か熱海《あたみ》か」

「おい、流されるなバカ野郎」

「ねえねえ、大分にしようよ！」

「聞いてねえし……」

「しかもがっつり泊まっていくつもりの距離だねー」

おっとっと。つい可愛《かわい》い妹との旅行を妄想してしまった。

個人的には、非処女かもしれないビッチ女とのデートよりも、愛妹とのデートの方が大切だったりもするんだが……。いや、これも俺の童貞卒業のための試練、心を鬼にして真白にお断りをしなくては！

「真白、聞いてくれ」

「戯言《たわごと》なら聞かない」

「聞いてくれ！」

素っ気ない態度を取る真白に、俺は必死になって半ば無理やり伝える。

「日曜日、カズと七海が俺のためにデートをセッティングしてくれてな。まだわからないが、真白の提示した条件をクリアできるレベルの女かもしれない。それを見極めるためにも、一度会ってみた方が良いと思うんだ。……すまん。旅行はまた今度な」

「はあ？」

心臓がきゅっと縮まるぐらい恐ろしい顔をした真白が、スプーンをその場に放り投げ立ち上がる。金属製のスプーンが木製のテーブルとぶつかり、カーンという甲高い音を立てる。真白はそのまま俺の顔を両手で勢いよく摑《つか》み、華麗な俺の顔がまたもタコのようになるまで力強く圧迫した。

「大学生の女なんて皆非処女に決まってるじゃん。顔のいい女なんて経験人数三桁いってるに決まってるじゃん。バカはちやほやされるとバカみたいに股開くのお兄ちゃん知ってるよね？　知ってるよね！　なのになんでまた傷つきに行くの？　傷つくお兄ちゃんを見て私がどんな思いになるか考えたことあるの？　お兄ちゃんを私以上に考えている人なんてこの世にいないの。お兄ちゃん以上にお兄ちゃんのことを考えているの。私の言うことを信じて私の言うことに従って。お兄ちゃんはそうすれば幸せになれるの。幸せに出来るの。私が幸せにするの。私を幸せにするの。やめて他の女とデートしないで他の女に優しくしないで他の女で性欲を満たさないで他の女を考えないで私だけを見て私以外全て捨てて私を一番に考えて！」

……場を沈黙が支配する。カチャカチャと空気も読まずカレーを食べている七海のスプーンが皿に当たる音と、時計のチクタクという音がＡＳＭＲのようにやけに脳に響く。

真白の顔は軽蔑を通り越して懇願するような表情に変わっていき、それに比例して俺の顔にもどんどんと圧力が増されていく。

いくら俺の顔がカッコいいとはいえ、ここまで崩れてしまったら元のカッコよさの半分も伝わらなくなってしまう……。

絶体絶命の時、いつも俺を救ってくれたのは相棒と書いて友と読む、この男だ。

ちらりと相棒の方を見ると、俺のメッセージに気が付いたのか視界の端でカズがこくりと頷《うなず》く。そして、カズは立ち上がって真白の傍《そば》に近寄ると耳打ちする。距離が距離なので俺にもその内容がしっかりと聞こえてきた。

「真白ちゃん。竜のことなら心配しなくても大丈夫だ。竜の親友であるこの俺が、全てに代えても竜を変な女には渡さない。どうか俺のことを信用してくれ」

「お兄ちゃんの彼氏面すんな。去勢すんぞ」

カズは逃げ出した！

ひいい、と実際に言ってそうなほどに情けなく逃げ帰っていった。そしていつの間にか三杯目をおかわりしている七海のところに駆け寄り、その豊満な胸にダイブする。

七海は表情を一切変えることなく、スプーンを持つ手を入れ替える。左手でスプーンを操り、右手でカズの背中をトントンとしている。

あ！　あれ俺がよく真白にやってもらってるやつだ！

でもあっちの肉布団《にくぶとん》の方が何だか柔らかそう――パンッ！


俺の不純な妄想を感じ取ったのかどうかはわからないが、真白はまるでシンバルでも叩《たた》くかのように、本気の両手打ちを俺の両頰に叩きつけた。

あまりの衝撃に一瞬脳震盪《のうしんとう》にでもなったかのような浮遊感を感じた。そんな俺のふわふわした頭を叩き起こすかのように、再度俺の両頰をプレスする。頰のひりひりが痛辛《つら》い。

俺の頰もかなりやばいが、何よりも涙目になっている真白の顔を直視しなければならないこの状況がとても辛いし痛い。


滅多に見せない真白の涙にどうしようもなく狼狽《ろうばい》していると、突然天使は現れた。

天使は三杯目のカレーすら綺麗《きれい》に食べ尽くすと、口周りについたカレーを豪快に手の甲でぬぐった。そして縋《すが》り付く愛《いと》しき彼氏の背中で手を拭き、そのまま大切な彼氏をその場に投げ捨てると、ゆっくりと真白の方へと近づいた。

俺の顔をプレスする白く美しい真白の手に優しく自分の手を添えると、天使のような笑みを真白に向けた。すると真白の手から、徐々に力が抜け、完全に脱力すると、ぶらーんと両手が重力に従って下に落ちていく。

ふう……。まだひりひり感は抜けないが、とりあえず手が外れてよかった……。

真白は再度その手を持ち上げ、自分の潤んだ目元に当てる。腕が上がった瞬間、びくっと体をこわばらせてしまったのはここだけの秘密だ。

それを、七海が軽蔑した目で見てきたことは墓場まで持っていく秘密だ。

ど、どうしよう……。真白が泣いてしまったことにテンパりまくっていた俺を救ってくれたのは、カレー臭い天使──いや女神だった。女神は真白の頭をよしよしと優しく撫《な》でると、そのままその豊満な胸に真白の顔をうずめこませる。

「……くさい」

「あははー。ごめんごめん」

七海は真白の背中に手をあてて、よしよしと撫でる。そうすると、真白は体をわなわなと震わせて七海に思い切り抱き着く。

七海《ななみ》はそんな真白を愛おしそうに抱きしめると、一瞬だけ出荷前の豚を見るような冷たい目で俺のことを見る。しかしそれは本当に一瞬のことであった。七海は切り替えるように嘆息をすると、真白を連れてゆっくりと扉に向かっていく。

部屋から出ていく際、女神は不甲斐《ふがい》ない兄である俺に、『任せておけ』とサムズアップをした。今にも、『I'll be back』と言い出しそうな雰囲気があった。

「後のことは七海に任せておけば大丈夫だな」

「うるせえ役立たず」

俺の肩に手を置き、まるで歴戦の勇者のようなことを言い出すカズに対して俺は思ったままのことをダイレクトに伝えた。

＊

「それにしても、随分話し込んでいるな」

俺とカズは、少し冷めてしまったもののしっかり美味《おい》しかった真白特製カレーを食べ、二人でソファーに座って話をしていた。

真白のよそってしまった分は俺とカズが半分ずつ食べ、真白には後で残ったカレーを温めなおしてあげようと思う。それにしても、1・5杯分を食べたわけだが完全に満腹状態だ。この倍をぺろりと平らげた七海の胃袋はちょっとどうかしているかもしれない。

あの身長のどこにそんなスペースが……はっ！

「……こほん。それにしても、何故《なぜ》真白はあんなにも泣いたんだろうな」

「それは知らなくてもいいと思うぞー」

いけない思考を誤魔化すために思わず振った俺の疑問に対して、カズの反応は冷たい。

そういえばと、カズが声を少し抑えめにして言った。

「俺ら急に来たのにもかかわらず、よくもまああんなに大量のカレーを作ってたよな。いつもあの量なのか？」

「いや、いつもはもっと少ないぞ。あの量だと、一週間はカレーになる」

「俺らが来ること、前もって知っていたかのような感じだったよな」

カズが悪戯《いたずら》っぽい笑みを浮かべ、俺の肩に腕を置いていやらしく言った。

「竜。お前もしかしてだけど、盗聴されてるんじゃないのか？」

「……まさか」

いや、まさかな。あり得ない。実の兄妹《きょうだい》でそんなことをする意味がない。まして、お洒落《しゃれ》さんの俺は毎日違う服、違うカバン、違う靴を履いている。だとするならば、俺の体に埋め込まれているか、人工衛星に見張らせるぐらいしか手段がない。

「なんてな。ちょっとしたジョークだよ。流石にそんなわけねーって」

「……ふむ。うーん……。いくら妹に寛容な俺でも、流石《さすが》に盗聴は許容できないかもな」

「いやいやー。真白ちゃんだぞ？　絶対にあり得ない話じゃないだろ？」

冗談冗談とカズは俺にかけていた体重を緩め、手をひらひらさせる。

俺も一瞬マジで考えてしまったが、冷静に考えればあり得ない話だった。愛する妹を疑うなんて、また泣かれても何も言えないレベルの失態だ。危ない危ない。

と、くだらない話をしていたら、丁度二人が戻ってきた。

真白は目を赤く腫らしてはいるが、既に泣き止《や》んでおり、じとっとした目で俺のことを睨《にら》んでいる。

うん、泣かれるぐらいなら睨まれた方が全然マシだな。

「全妹の敵め！」

俺を全兄の代表として認識している七海のことはあえて無視をする。

「ねえお兄ちゃん？」

七海から離れてとことこと俺のところまで歩いてきた真白は、そう言うと俺の首に腕を回して抱き着いてくる。やれやれ、いくつになっても兄離れが出来ない甘えん坊だな。

俺は右手で真白の頭を撫で、左手でぎゅっと抱きしめてやる。真白もそれに伴って首に回す腕の力を込めると、んっ、という可愛《かわい》らしい声が真白から漏れ出る。正直言うとちょっと苦しいかな……。言わないけど。

ふー……と真白は軽く深呼吸をすると、抱き着いた体勢のまま言った。

「お兄ちゃん……。日曜日のデート、というより一緒に遊びに行くことは許可します」

「お、おお！　本当か⁉」

でもね、と真白は続ける。

「門限は変わらず十九時……ううん、女と一緒だから十八時までには帰ってきて。夜ご飯も食べてこないで。ホテルに行ったら死んでも許さない。絶対に後悔させてやる。キスもしないで。四人で行くんだから二人きりにならないで。二対二で分かれる時はカズさんか七海さんと一緒になって。いつもよりお洒落しないで。服は私に決めさせて。カッコいい言葉を言わないで。カッコつけないで。イライラしたのを我慢しないで。無理に最後まで一緒にいないで。一時間に一度は真白のことを思い出して。三十分に一度は真白にラインを送って。写真を撮らないで。穴埋めに真白ともデートして。真白と旅行に行って。真白を抱きしめて。他の女なんて興味がないって言って！」

マシンガンのようにまくし立てる真白の言葉を聞き、俺の頭は処理限度を超えた。

とりあえずは、門限とHしないと真白に連絡すると一緒に旅行をするだけ覚えておけば何とか……なるかな？　どうかな？　なってくれ。

俺は死んだ目で真白に返事をする。七海は腕を組み、うんうんと目を閉じて頷いている。カズは、俺は関係ないです巻き込まないでください、とばかりに、チクタクと今日限りにおいて存在感がとても強い時計をじっと見つめている。

えーと。九頭竜　王子。日曜日にデート、決定！　……ということになりました。

カズが変わらず時計の方を見つめながら、カッコつけて言った。

「ミッションコンプリート、だな」

「黙れ」

【でぇとのすゝめ】

――ビッチside――


私の名前は美地原《みちはら》三姫《みき》。見ての通り女神だ。

顔、スタイル、性格、どれをとっても完璧な『奇跡』のような存在である。

日本で一番人が行きかう新宿駅。身の程を弁《わきま》えないサルとブタどもの不躾《ぶしつけ》な視線に辟易《へきえき》としながら、私は再度スマホで時間を確認する。

十時五十五分。待ち合わせ時刻五分前である。

……は？　今日はデートだよね？　なんで五分前になっても誰も来ないの？　普通なら私とデートする男は約束の一時間前から私を待つものでしょ？　そして私がやってきたら開口一番、本日はお越しいただき誠にありがとうございます、でしょ？

それくらいの常識を携えていないと申し訳ないけどデートをする気にならないよね。

神をも跪《ひざまず》かせる究極の存在、ＭＩＫＩ様をお待たせするなんて、義務教育受けれてないの？

だからあのくず——九頭竜王子は見た目がいいのに彼女がいないのか。

私はイライラしながらもスマホの内カメラで再度自分の姿をチェックし、何も問題ないことを確認した。

昨日渋谷でハカさんに選んでもらった悩殺コーデに、色気溢《あふ》れる香水を組み合わせた今の私に会えば、たとえ宇宙人でも前屈《まえかが》みになるでしょう。

そしてそれは、あのくず男も例外ではない。あのくずを私の魅力と神聖さで屈服させ、無礼な言葉で私を不愉快にしたことを来世、いいえ再来世まで後悔させてみせよう。

「わー！　本当にごめん！　大変！　お待たせしましたー！」

くず男がせこせこと私のヒールを磨くところまで脳内妄想を進めたところで、改札の方向から聞き覚えのある声が聞こえてくる。遅れてきた彼女は律義《りちぎ》に小走りで来たようで、若干息が上がりながらも周囲にも聞こえる無駄にでかい声で言う。

「ごめんねー。今日に限ってとても快便でさ。カズくんのことも待たせちゃったよー」

あはは一、と下品なことを大声で言うのは、知り合いの少女、葉嘉《はか》七海《ななみ》だ。

最近この娘とラインをすることが増えたけど、こういう一面を見ると、やっぱり仲良くなれそうにないと再認識させられる。

私が嫌そうな顔でハカさんを見ていると、その後ろから特に急ぐこともなくのんびりと歩いてくる男がいる。

黒縁メガネに申し訳程度に整髪剤が使われたもっさい黒髪。服も黒いTシャツとジーンズというザ・普通の称号を恣《ほしいまま》にしている地味系男子。

名前はハカさんから聞いた……えっと、京極 道一。そう京極くん。カズと呼んであげてねとか言われたけど、そんな勘違いさせるようなことを言ってあげるわけがない。

そんなモサ男は私のことを見ると、一瞬ぎょっとした顔をして、ハカさんの方を見る。ハカさんが特に何も反応をしていないのを見ると、京極くんはこほんと咳《せき》ばらいをした。

「……早いんだな」

硬さのある声色で私にそう言ってくる。緊張しているようだ。まあ、私ほどの美少女と話すこと自体稀《まれ》だろうし、女性慣れなんて絶対してなさそうだし、そういったことを踏まえれば当然か。童貞臭いわね。彼女いるのに。

「別に。今来たところだから気にしないで」

お前らこの私を待たせるとはどういう了見してんだ？　お？　とかは言わない。空気が読める美少女な私。京極くんはそれに対し、そうかとだけ小さな声で頷《うなず》いた。

「もうカズくん！　時間に間に合う間に合わないじゃなくて、待ってもらったんだからありがとうぐらい言わないとだよ？」

ハカさんのそのフォローに、京極くんは一瞬嫌そうな顔をしたが、蚊の鳴くような声で、待たせてすまなかったな、ありがとうと言った。

ハカさんはそんな京極くんを偉い偉いと頭を撫《な》でて誉《ほ》めている。

……なんだこれ……地獄か？　既に死ぬほど帰りたいんだが……。


「くず……九頭竜くんは、一緒じゃないの？」

そうこの場には、業腹《ごうはら》ながら本日のデート相手、九頭竜 王子とやらがいないのだ。

そして、時刻は丁度このタイミングで待ち合わせの十一時を迎えた。

「今日は別だな。まあ大丈夫だ。あいつが遅れる理由は想像がつく」

「そうだねー。あ、噂《うわさ》をすれば来た来た」

改札の方を見るとそこには別格のオーラがあった。その中身を知らないであろう周囲のバカメスどもは、そのオーラを放つくずを見て色めき立っている。

外見だけはいいくず男は小走りで私たちの方へと駆け寄ると、申し訳なさそうな顔をして言った。

「遅れてすまないな。謝罪する」

……ふーん。ちゃんと謝れるのね。遅刻しても横柄《おうへい》な態度を取る男だと思っていたわ。

それにしても、周囲のサルどもとこの男を見比べるとわかる。

――格が違う。

やっぱ顔はいいんだよなー。顔は。顔だけなら本当に日本一レベルかもしれない。

私が惚《ほう》けていると、京極くんが九頭竜くんの背中をバンッと叩《たた》いて言った。

「気にすんな」

「そーそー。竜くんに何もなくて本当によかったよ！」

二人が九頭竜くんの遅刻を全く咎《とが》めることなく許す。それに九頭竜くんがお礼を言うと、ちらりとハカさんが私の方を見た。はいはい、わかりました。流石《さすが》にこんなに一生懸命謝っている人に嫌味なんて言いませんよ。

「そうね。折角忙しい合間を縫ってあなたとの時間を作ってあげたのに、と思わないでもないけど、私は心が広いからその謝罪を快く受け入れてあげるわ。感謝してね」

ちょっと嫌味っぽくなってしまったけど、まあ私の可愛《かわい》さなら大丈夫。若干引いた目でこちらを見ている京極くんとハカさんは無視。

だって私だもん。許されるもん。クラムボン。

「すまんな。ありがとう」

ほらね。九頭竜くんは私の嫌味すらも心地よく受け取ったらしく、苛立《いらだ》ちの込められていない声で答えた。そして九頭竜くんは顔を上げ、お互いの顔を見つめ合う形になる。

おおよそ、三日ぶりの顔合わせだけど……向こうはどう思っているのかな。

だ、大丈夫よね？　私は可愛いもんね？　この服もめちゃめちゃお洒落《しゃれ》で似合っているもんね？　あ、やば。やっぱりいつも通りの格好にしておけばよかったかも。

なんかめちゃめちゃハカさんにお薦めされたから着てきたけど、私だけ気合入れすぎてない……？　痴女じゃない……？

化粧も――素材が完璧なためほぼ何もしていないが――この陽気で出た汗のせいで少し崩れている気がする。

あー！　もう！　何でもいいから早く何とか言いなさいよ！

「……ふむ。美地原。やはりお前はこれまで会ってきた女の中でも別格に魅力的な容姿をしている。特にその服を着るとよりエ――魅力が増すな。お前のその姿を見ただけで、この俺の貴重な時間をわざわざ割いてお前と会う価値はあったというものだ」

「――！」

そう！　それ！　まあちょっと言い回しがくどくてうざくてあれだけど、結局『可愛い』『似合っている』『世界一！』って言いたいんでしょ！

私と会った時には必ず言わなくてはならない言葉ランキングトップスリー！

私は喜色を九頭竜くんに感じ取らせないように最大限努め、平静を装《よそお》って答える。

「そ、そうかしら……？　ありがとう。ハカさんに選んでもらったのよ。九頭竜くんも……うん、似合っているわよ。お洒落ね」

「ふふ。当然だ。この俺はコーディネートすら超一流だからな」

九頭竜くんの服装はシンプルだがオフィシャル感のある紳士的な装いだ。

私たちがお互いの服装を褒め合っている横で、この服を薦めた張本人であるハカさんと、京極くんが驚いたような目で見てくる。

「竜、お前こういうタイプの服が好きなのか？」

「ん？　ああ、エロ——こほん、扇情的でいいじゃないか」

「……ああ、そういうことね」

「ファッションにこだわりのある俺としては、こうした攻めた服は好印象だな」

「お前の服のコーディネートは、俺か真白ちゃんがいつもやっているだろうが。——あれ？　いつもの時計は？」

「ん……？　しまったな。急いでたからか、忘れたな」

二人の会話を聞いていると、ハカさんがじーっと私を——というか私の服を見てくる。

「な、なに？」

私はそう聞くと、ハカさんはうんと一言頷いて、

「どんな服も着る人次第、見る人次第、か……」

「どうしたの？」

「なんでもなーい。あー、やべーやべー。とんずらこく準備しないとなー」

ハカさんはあはーと笑いながら私のもとから離れると、京極くんと話していた九頭竜くんに話しかける。

「それにしても、竜くんは今日どうしたの？　なんかあった？」

その質問に対し、九頭竜くんは頬をぽりぽりと掻《か》きつつ気まずそうに吐き出した。

「あー……今朝の話なんだが、真白——ああ、俺の妹なんだが。妹がお腹《なか》が痛いからさすってくれと言い出して。それで小一時間ほど、な」

えー……。その話を聞いて折角少し上昇中の好感度がぽきっと折れる音が聞こえた。

シスコンはないわー。マザコンと同じぐらいない。そんな私のドン引きの反応とは裏腹に、残る二人はうんうんと頷きながらその話を聞いている。

「それはしょうがない。むしろ遅刻してでもここに来てくれたことに感謝を言いたいな」

「いやー。それにしてもよく来れたねー。どうやって切り上げたの？」

「思い切り抱きしめてから、抱っこして寝かせてあげた」

はい、アウト。一発ＫＯです。

そんな私のドン引きに気が付いたのかどうかはわからないが、九頭竜くんが話題を変えるように言った。

「さて、そろそろ昼を食べに行くか。大勢でここにいるのも迷惑だし。腹減ったからな」

間違いなく正論だが、悪いがそれは遅刻した奴《やつ》のセリフではない。

私は、そうね、とだけ冷たく返し、さっさと歩きだしてしまう。どこに行くかはわかっている。ちょっと前にSNSで話題になったという、某パンケーキ屋さんだ。早めについた時に暇だったからスマホの地図アプリで場所と経路を調べておいた。

「おい、ちょっと待てって」

後ろから聞こえてくる九頭竜くんの言葉は無視し、スタコラと歩き出す――が、慣れないヒールで早歩きしたためか、足元の段差に躓《つまず》いてしまった。

「……きゃっ！」

私は情けない悲鳴を漏らし、そのまま日光で十分に温められたアスファルトへ顔面から根性焼きをされに落ちていく。

あーもう！　最悪！　来なきゃよかった！　転ぶ寸前にそんなことを呪い、ただゆっくりと顔面から落ちていく――と思いきや、そんなことにはならなかった。

「ふむ。予約の時間まではまだある。そんな慌てる必要はないぞ」

私のお腹に、父親を遥《はる》かに超えるたくましく太い腕が回される。腕一本で体全身を持ち上げられていると気が付いたのは、気持ち悪い浮遊感が長すぎると感じた時だ。

九頭竜くんは私をゆっくりとおろすと、

「どうだ？　今の、カッコよかっただろ？」

私のお腹に回していた腕を離して言った。

……ドヤ顔もイケメンだな。じゃなくて！

「あ、ありがとう……」

あ、やばいなんか恥ずい。普通に考えて私が怪我《けが》をしそうものならば、男は腕の一本や二本や三本を犠牲にしてでも助けるのは当然の義務だと思っている。

なのになんで……。

なんでこんな単純なことで、こんな腹が立つ男にドキドキしなければならないの？

――これが噂《うわさ》の催眠？

九頭竜くんは私のそんな返事が気にくわないのか、少しむっとした表情をすると、そのイケメンな顔を私の超美少女ご尊顔に無遠慮に近づけて再度言った。

「カッコいいだろう？」

「はいはい、カッコいいですイケメンですありがとうございました！」

「ふふん。言われなくてもわかることだが、やはり直接言われることに意味があるな」

投げやりな私の言葉に対し、どこかで聞いたこと、というか言ったことがありそうなことを言い出した。

私は、何かよくわからない気恥ずかしさからこの男の側にいたくなかった。

だからこそ、はっはっはと高笑いをするこの男を後目《しりめ》に、一歩ずつハカさんの方に近づいていった。だが――

「ほらほら！　また何かあったら助けてもらえるように二人並んで歩きなー」

ハカさんはニヤニヤしながら、私の背中を押して九頭竜くんの方へ私のことをリバースしていく。そんな人をモノみたいに……！

「ふむ。今日は確か、俺らのデートなのだろう？　なら今日一日は隣同士で歩くか」

「……………！」

そんな潔《いさぎよ》い言葉に、私は何も言うことが出来ず、ただ黙って頷《うなず》いたのだった。

「あー……神様、仏様——その他何でもいいから凄《すご》い人。私が三姫ちゃんに協力してしまった事実をどうか悪鬼からお隠しくれたまえー……」

「とりあえず悪鬼にバレる前に、俺らのパスポートの準備だけはした方がいいかもな」

＊

「全員の合計金額が六五二八円か。一人当たり一六三二円。うむ、綺麗《きれい》に割り切れたな」

お店の会計伝票を片手にこのドくずは耳を疑うようなことを言い出した。

「え……。割り勘？」

「当然だろう？　みんなで食べたんだからな」

私の率直な疑問に対し、この男は堂々と戯言《たわごと》を放った。俺の暗算が不安なら電卓アプリ使うからちょっと待ってろ、とかずれたことを言う目の前の未確認生物の言葉は残念ながら私の頭には入ってこない。

「三姫ちゃん、どう？　新鮮？　初めてでしょこんなの？」

「そりゃあね！」

パンケーキの甘味を消すために飲んでいた紅茶のカップ片手にショートしていた私に、ハカさんはニヤニヤしながら言ってくる。あり得ない。あり得ない！

割り勘？　こういうのは普通、男が払うものなんじゃないの？

それが現代におけるデートの常識でしょう？

まして、有史以来最高峰の美女と呼ばれるこの私とのデートで、そんな愚挙を……。

くっ……。今までデートしてきた男は、私から見れば塵芥《じんかい》のような存在だが、世間一般的に見ればモテる部類に入る。美女に奢《おご》る、その程度の常識は弁《わきま》えていた。

……そう。そう！　モテない男は、こういった常識すら持ち合わせていないのね！

「……おい、竜。デートの時に割り勘なんてのは絶対ご法度《はっと》だぞ。覚えておけ」

絶対、の部分を強調する京極くんに、私は少し安堵《あんど》した。

そうか、いくら地味でも彼女持ち。この程度の常識は流石《さすが》に持ち合わせているのか。

「男は黙って……漢気《おとこぎ》じゃんけんだろ？」

「待ってましたー！　カズくんカッコいい！」

今日一番の決め顔をしながら京極くんは自分の拳を顔の横に持ち上げる。

それをハカさんが店内に迷惑になるレベルの声で盛り上げる。

「……ふむ、なるほど。確かに細かいのを持ち合わせていない時に割り勘をしても、面倒になるからな。カズ、お前の決断を俺は信じよう」

こちらも決め顔で拳を持ち上げる。まるで不良同士の喧嘩《けんか》直前のようなカッコつけたポーズを取っているが、そもそも――

「漢気……じゃんけん？　って何？」

「説明しよう！」

私の疑問にかぶせるようにハカさんが、メガネをかけていないにもかかわらずメガネをくいっと上げる動作を行いながら話す。

「漢気じゃんけんとは、我々参加者四名がじゃんけんを行い、じゃんけんで勝利した一人に、ここの代金を全て払う栄誉が授けられるというものだ」

「へー……。え？　勝った人が払うの？」

「そうなの！　漢とは、友のために身銭を切ることを出来る者のことを言う。漢気じゃんけんとは、じゃんけんで勝つ、ただそれだけで全人類が熱望する『漢』の称号を手に入れることが出来るのだ！」

ハカさんのハイテンションな語りに、私は動揺しながらも少しの期待を込めて尋ねる。

「えっと……。私も……参加するの？」

『もちろん』

くそったれー！

＊

「いやー、美味《おい》しかったね！　ご馳走《ちそう》してくれてありがとうね！」

「ご馳走様」

「ふむ。中々悪くなかったな。今度真白とも来るか。ああ、ごちでした」

「はいはいはいはいはい、楽しめたようで何よりですよ！」

私は財布を力強くバッグにしまいながらそう叫んだ。結果？　わかんだろ、勝ったんだよ。デートで身銭を切るなんて正気の沙汰じゃねーよ。確かに、パパから十分なお金を貰《もら》っているからこれくらい大したことはないけども。ないけども！

「こんなデート生まれて初めてなんですけど……」

「ん？　褒め言葉か？」

「そう思えるなら随分と幸せな人生を送ってきたんでしょうね」

「ふっ……。褒めるなよ」

デート……いやもうこれはデートじゃない。そう、デートじゃないのだ。同級生と遊びに来たと思った方が心に良い。同級生と一緒に来ても支払うことは中々ないけどね！

「さーて、皆で美味しくお昼も食べたし、ここからは別行動で！　じゃ、カズくん行こ？」

「は？　おい！　ちょ」

とだけ言い残し、びっくりするような早さで二人は人混みに消えていく。

えっ……？　もしかして……私、九頭竜くんと二人きりにされた？

何も事前告知もなくいなくなってしまったため、私は動揺を隠しきれなかった。

確かに今日は、デート……という名目だったけど。だけど相手は顔しか魅力のないくず非モテで、デートのデの字もわかっていないような非常識な男だ。

そんな男と二人きり……これはいよいよ貞操が危なくなってまいりました。

「ふーむ。相変わらず七海《ななみ》は何考えているのかよくわからないな」

九頭竜くんも今回のことは聞いていなかったようで、腕を組みながら困ったような態度を見せる。いっそのこと一人で帰ってしまおうか。一緒にいてもお互い良いことなんてないし。そう思った時九頭竜くんがじっと私の方を見つめてきた。

え……何急に？　こっそり帰ろうとしてるのがばれたのかな……。

何故《なぜ》か気まずさを感じてしまった私は、思わず目を逸《そ》らす。

目を逸らされた理由がわからない九頭竜くんは、首を軽く傾《かし》げながらも言った。

「ふむ。デートだからな。相手の希望に沿うべきだろう。美地原、どこか行きたいところはあるか？　どこでもいいぞ」

＊

「うっわー！　このバッグめっちゃ可愛《かわい》い！」

「ほう……ん？　ワニ革にしないのか？　クロコダイルはカッコいいぞ」

「……いやよ。ワニなんてババくさいもの」

私たちは新宿にある某ハイブランドショップに来ていた。私たちの圧倒的なまでのビジュアルの暴力と若さゆえか、店内にいる全員から強く注目を浴びていた。

普段から視線は浴びるが、今日は特別多いような気がする。

ふふふ、やはり羨望《せんぼう》の視線を受けて悪い気持ちはしないわね。

ただここで一つ問題がある。どうしようもないくらい根本的で重大な問題だ。

――金がない。

そう、いつもであるならば、一緒にいる財布くんがひきつった顔をしながら、萎《しぼ》んでいく財布と期待で膨らました胸と股間の葛藤に長時間苦しみ、それでも股間の魔力には勝てず、最終的には鼻息荒く震えた手で財布を開いて私に貢《みつ》ぐ。

ただ、そんな都合の良い財布くんも今日はいない。今日いるのは、わずか数千円ですら、きっかり一円単位で割り切ろうとしているドケチでドくずなこの男だけだ。

そんなわけで、今日は完全なる冷やかしウィンドウショッピングだ。

ここでいいのがあったら覚えておいて、パパと来た時に買ってもらおうかな。

「すみません。そちらの素敵なカップル様?」

『勘弁してくれ』

思わず条件反射的に懇願の言葉が出てしまった。それも、完全に九頭竜くんと被《かぶ》った。

つまりそれは何か。私があなたを恋人としてあり得ないと思っているのと同じくらい、あなたも私を恋人としてあり得ないと思っているってこと？

私がその結論に至り、眉根を寄せて隣のドくずを睨《にら》みつけると相手も同じように睨み返してきた。身長が向こうの方がずっと高いため、見上げる感じになってしまっている。

うん、こうして見ると睨んでいてもカッコいいなぁ……じゃなくて。

「ねえ、くずや……九頭竜くん。私たち今日デートに来たのよね？　この『奇跡』の美少女とデートしてもらっておいて、その反応はあんまりなんじゃないかな？」

「ふむ。歩いている時に男から向けられるいやらしい視線で自尊心を高めているビッチ女よ。この超『天才』な俺様とデートをしておいて、その反応はあんまりじゃないのか？」

「あの程度の非モテサルどもの視線で優越感に浸れるわけないでしょ？　私は他の女とデートしている男から視線を集めて、彼女からの怨嗟《えんさ》の視線を楽しんでるだけなの」

「……それを誇らしく言ってしまうのもどうなんだ……？」

睨んでいる顔から一転してドン引きの視線を見せ、わざとらしく体を引く。

はあぁ⁉　自分だって似たような立場と境遇のくせに！

「……あの……お客様方？」

「なに！」

私は力強く振り向いて大声で怒鳴る。そこには、少し涙目の若い女性店員さんがいた。

「ひっ……。先ほどは無神経なことを言ってしまい申し訳ありません！　ですが……その……店内ではできればお静かに……」

はたと気が付く。先ほどから一身に浴びているこの視線は、いつもの嫉妬やエロの視線ではない。動物園で珍しい動物を見るような好奇の視線だ。

「……すいませんでした」

「ふむ。素直に謝ることが出来るのは素晴らしきことかな」

「いや、てめーも謝れや」

＊

「そうなんですね！　大学の同級生で、お試しデート中だったんですね！」

私たちは互いに、店内で騒がしくしたことについて店員さんに大人しく謝罪した。店員さんは快く許してくれ、その代わりに商品を幾つか紹介してくれるとのこと。

……まずい。金がないのに紹介されたら何か買わざるを得なくなる……。お前が買えよ……。と恨みがましい視線で隣に立つ無駄にでかい（最初は好印象な高身長だが、嫌いな奴《やつ》が高身長だと途端にイラッとくる）ドくず男を見る。

「先ほどワニ革のお話をされていましたね。当店一推しの商品を持って参ります！」

店員さんの声でくずから注意が逸《そ》らされる。気が付いたら、一生懸命商品について色々話してくれていたようだ。そしてワニ革のお薦め商品を今持ってきてくれるらしい。

はあ……ワニ革なんてダサいもの、正直全然いらないんだけどな……。

「ワニだってよ。やっぱバッグといえばワニ一択だよな」

「……あなたのそのミニバッグ、ワニ革なの？」

「いや違うぞ」

ハハハとイケメン顔で笑うこいつを今すぐぶん殴りたい。

そんなくだらない話をしていると、店員さんが大きめの箱を持って少し小走りで来る。

無事に私たちの所までたどり着くと、その大きな箱から一つの白いバッグを取り出した。


――そこには、私に並ぶ『奇跡』があった。


「こちら、最高級の白いアリゲーターの革を使用したワニ革バッグとなっております。従来のワニ革のイメージを大分払拭《ふっしょく》できると思うのですが……」

「……ふぁああ……」

そのバッグを手に私は声にならない声を出す。こ、これはすごい……。今まで数多くのブランド品を見てきた私だが、これは別格に素晴らしいのがわかる。

バッグとは思えない輝かしさ、見た目とは裏腹に柔らかな質感、それに反した軽さ、そしてどこをどう見ても超・高級品ですとマウントが取れる圧倒的なオーラ。

私が所有している如何《いか》なるブランド品でもこのバッグに届くものはない。これぞまさに私に相応《ふさわ》しい『奇跡』のバッグだ！

「ほ、欲しい！　このバッグ欲しいです！」

「左様でございますか！　……ただこちら、少々お値段の方が……」

店員さんが少し気まずそうに値札を手で示す。私は、恐る恐る値札を手に取りゆっくりとひっくり返す。……怖い怖い怖い。どう考えても想像を超えてきそうで怖い。私は体を限界まで後ろに倒し、目を少し細めながらおっかなびっくりに値札を見た。

「……！」

想像の十倍高かった。

「あ、その……そ、そうですよね。少々厳しいですよね」

魂の抜け落ちた表情をする私を、申し訳なさそうに店員さんがフォローする。

ああ……。これはもう、私の手には入らないんだ。

そう思った瞬間、全身から力が抜け言葉を返すことが出来なくなってしまった。

「申し訳ありませんお客様！　只今《ただいま》、こちらの商品ととても似ていて、もう少しお手軽なものを持って参りますので！」

先輩のベテラン店員と思われるおばさんが、白いワニ革のバッグを持ってきてくれた店員さんと私の間に入る。ちょっと怒っている風だった。

そうよね。私も怒りたいわ。親切心のつもりなのかもしれないが、買えるわけのないものを見せられて希望を持たせるなんて、高級ブランドショップの店員がすることじゃない。しかもどう考えてもまだ若いカップル風の私たちに、新車が一台買えるレベルの商品を持ってきてどうするんだよ！

正直、パパに頼もうという考えも、ほんの……ほんっとに一瞬だけ浮かんだがやめた。このレベルの値段のものを私に買ったなんてばれたら流石《さすが》にママがマジ切れしそう。

「こちらの商品などいかがでしょう！」

ベテランの店員が、先ほどと同じく白い、しかし先ほど『奇跡』を目《ま》の当たりにしたからこそわかるくすんだ白色のバッグを持ってくる。

必死にこのバッグの良さを説明してくれているが、どうしても先ほどの宝石のような輝かしい白さを持つあの『奇跡』のバッグには勝てない……。


くうう……この私が『届かない』って思う日が来るなんて……。

ベテランの店員さんも、私がもう何も買う気がないのを悟ったのか。もう少し経《た》ったらまた是非ご購入ください、とか。お美しいのでどのバッグでもお似合いですよとか色々フォローの言葉を送ってくれている。

『奇跡』のバッグを大事そうに抱える若い店員さんはちょっと涙目だ。この後のお説教を覚悟しているのだろう。しっかり絞られてくださいね。


「……そろそろ行きましょうか。九頭竜くん」

私はため息とともに、九頭竜くんの方に向き直る。

しかし、先ほどまでいた場所に彼はいなかった。周囲を見渡すと、彼は若い店員さんの持つ白いワニ革のバッグに夢中になっていた。

「……ほほう。これは中々。ふむ。見る人にはわかる至高の一品だな」

別に誰でもわかるとは思いますけど。彼は店員さんに両手でバッグを持ってもらいながら、人差し指をつつつとバッグに添わせる。

彼は一通り触れると満足したのか、私の方に向き直り腕を組みながら言い放つ。

「素晴らしいバッグだな。一期一会《いちごいちえ》ともいうし、買ったらどうだ？」

「……値札見なさいよ」

私はもうイラッともせず、疲れたようにそう言った。

貧乏男が。臓器でも売って出直してこい。

私が心の中で毒づいているのにも当然気が付かず、くず男は何の躊躇《ちゅうちょ》もなく値札を見た。そして一秒停止すると、いけしゃあしゃあと語り出す。

「ふむ。確かに価格はそれなりにするな。しかし良い商品というものは良い値段がするのがそのブランドの確たる証拠。俺の曇りなき眼《まなこ》によると、これは間違いなく値段相応。いや、かなり良心的だと思うが？」

他人事《ひとごと》だと思って、偉そうなことを言いやがって。自分じゃそんなもの、買いたいとも思わないくせに。買いたいという欲がある私に余計なことを言うな！

「じゃあ、あなたが買ってよ。デートなんでしょ？」

割り勘男がどんな最低な言葉を言うのか。ここにいる二人の女性店員をどれだけドン引きさせるのか。そんな歪《ゆが》んだ好奇心を持って、いやらしくそんなことを聞いてみた。

「ふむ。確かにデートならば、男が女にプレゼントをするということもまた定石か。真白からは聞いていないけど」

九頭竜くんは変わらず腕を偉そうに組みながら軽く、あまりにも軽く言う。

「いいだろう。俺が買ってやろう」

『**はっ⁉**』

私と女性店員さん二人の、三人の驚愕《きょうがく》の声が被《かぶ》る。

え……ちょっと思考停止中。思考停止中。

「まってまって九頭竜くん考え直して無理しちゃダメ。値札ちゃんと見て。きっとあなたの思っている値段にはゼロが二つ足りてない」

「お客様、お買い上げいただけるということは本当に嬉《うれ》しいことなのですが、その……お支払いが大変お難しい商品ですし」

「……うわー……。すご……」

「俺に二言はない。何故《なぜ》なら俺だからだ」

　よくわからない気持ち悪いことをドヤ顔で言う、くず男。

　正直本当に怖いんだけど……。理解が出来ない……。怖い怖い怖い！

「何をそんなに焦《あせ》っている？　今までだって散々男に貢《みつ》がせてきたのだろう？」

「いや……それはもっと安いモノだったし！」

　私のその発言に、白いバッグを持つ若い店員さんが少し引いた目でこちらを見る。

　お前が全ての元凶だろうが！　なんでそんな第三者的立ち位置にいるんだ！

「く、九頭竜くん。あなたは月に三万円までじゃないの？　さっきも割り勘しようとしていたじゃない」

「月三万は自分にかける金の上限だ。月三万が全ての限度額だとしたら、妹と買いものに行く時も欲しいものを買ってあげられないだろう？」

　それに、と九頭竜くんは続ける。

「デートで食事をした場合は、必ず一円単位で割り勘をしろと。それが誠実な男だというアピールになるからと口酸《す》っぱく言われたからな」

「……誰に？」

「妹」

きも……やっぱシスコン……？　妹も滅茶苦茶《めちゃくちゃ》怖い……絶対仲良くなれなそう……。

「で、でも！」

私が必死に食い下がるので、九頭竜くんが腕を組んだまま私の顔を覗《のぞ》き込んできた。

──顔が近い！

「お前、あのバッグが欲しいんじゃないのか？」

欲しいよ！　死ぬほど欲しい！

でも、流石にこれを買わせるのは私の良心が痛むの！

「ふん。このバッグの値段のことを気にしているのなら余計なお世話だ。この俺にとってこの程度の端金《はしたがね》、カフェでコーヒーを買うのと大差ない」

「……あなた、何者なの？」

九頭竜くんは今更何を言っているんだ、とでも言いたげにあからさまに呆《あき》れた表情で、肩をすくめながら言う。

「それをわかっていてデートをしているのだろう？　この俺は九頭竜王子。この世界で最も完成された『天才』だ」

＊

「……そ、その……ありがとう……」

「気にするな。今日は俺とお前のデートだからな。これぐらいは容易《たやす》いことだ」

私は折角買ってもらったので、今は白いバッグを手にしている。元のバッグは邪魔だったので、白いバッグの入っていた箱に入れて実家に郵送した。

「……ねえ、本当にこんな高いの、買ってもらってもよかったの？」

「しつこい奴《やつ》だな。実は気に入っていないのか？　別のものをもう一回見に行くか？」

「いい、いい、いい！　これで本当に大満足なんで余計なことしなくていいです！」

またお店に戻ったら、追加で高級な何かをプレゼントされてしまう。

「そうじゃなくて！」

私は全身を使って大声を張り上げる。その様子を見てようやく真面目に聞く気になったのか、ポケットに手を突っ込みながら、足を止めてこちらに振り向いた。

「……こんな高いの買って、大丈夫なの？　妹さんに怒られない？」

「ふむ。確かに妹には無駄な出費はするなと言われている。しかし、そのバッグを欲しがっている時のお前の姿が妹と重なってな。つい、いつものように甘やかしてしまった」

「いつものようにって……」

……呆れた。この私と妹を同一視するという気持ち悪いシスコン発言はさておき、普通高価なモノをプレゼントした時はその代価に何かを求めてくるものだ。

少なくとも今までの経験上、パパを除けば（パパもパパ大好きと言えと要求してきてうざい）ほとんどの男が私に大きな代価を求めてきた。まあ、大体は私の純潔だ。

二十万円のダサい（頼んでいない）コートをサプライズで貰《もら》った時は、受け取るや否《いな》やホテルに連れ込もうとしてきて大変だった。それはまだしも、一万円足らずの小物（何だったかすら忘れた）をくれた男が体を求めてきた時は、風俗行けば？　と思ってしまったほどだ。というか実際に言った。

ただこの男は、本当に何でもないように、いつも妹にやっているように、私が喜ぶかなという何も確信もない状態で三桁万円のバッグをプレゼントしてきたのだ。

……というか、この男本当にモテないの？　財力といい容姿といい、どう考えても女が放っておかないほどのポテンシャルはありそうなんだけどなぁ……。

ふと気が付くと、九頭竜くんは左人差し指を下唇に乗せ、ふむと言いながらじっと私のことを見てくる。

「……何？」

「ふむ。やはりレベルの高いモノはレベルの高い人が持つとより一層輝いて見えるな」

……くうう…………！　嫌い嫌い嫌い嫌い嫌い！

こういう風に下心全くなしに褒めてくる男も、それに満更でもなく喜んでしまっているこんな自分も大嫌い！

「……ありがと」

私はふいと顔を逸《そ》らし、なるべく赤い顔を見せないようにする。九頭竜くんは私がいきなり顔を背けたので心配したのか、回り込んで私の顔を覗き込んでくる。そのため、顔が赤くなっている私と完全に目が合った。

ここで目を逸らしたら負けだ……！

何と勝負しているかはわからないが、それでも私は意を決して、最高級に可愛《かわい》い笑顔で眼前のイケメンと目を合わせると、

「……大切にするからね」

両手にバッグをぎゅっと抱きしめ、口の辺りをバッグにうずめる。そのまま上目遣いで、精一杯カワイイ声を出した。

「……こほん」

咳《せき》ばらいと共に九頭竜くんは私に背を向けた。先ほどの仕返しとばかりに回り込んで顔を覗き込む――こほん。

……少し、お互いの顔の熱が下がるまで待とうかな……なんて。

そのまま数秒、いや数十秒ほど焦《じ》れた空気感があった。しかし、流石《さすが》にこのままではいられないと思い、私が強引に歩くのを再開する。

すると、九頭竜くんも私の隣――車道側に来て歩き出した。

ちなみに会話はない。この男、何も喋《しゃべ》らないというわけではないのだが基本的には無口

だ。というか、話題提供というか会話の端緒は私の方が多いほどだ。

……おい、仮にもこの私とのデートなんだからもう少し頑張ってくれよ……。

心の中でそんなことを思い、ジト目で隣のデート相手を見る。特に何にも喋っていないのに、鼻歌でも歌いかねない様子の九頭竜くんのご機嫌な表情を見て、何故だか私も自然とご機嫌になってきたのは、果たしてバッグを買って貰ったおかげだろうか。

＊

無言で歩くこと数分。正直、どこに向かっているのかもわからずただついてきただけだったが、ちゃんと目的はあったらしい。

私たちの目線の先には見慣れたカフェの看板があった。

「喉渇いたな。シェイク飲もうぜ。好きだろ？」

「まあ好きだけど」

初めて会った時、シェイクを手に持っていたからそう思ったのだろうか。

あれはうちの大学周りだとお洒落《しゃれ》な所に行くには電車に乗るしかないから、やむを得ずあれを飲んでいたというだけで、別にめっちゃ好き、とかではないのだけど。

「買ってくるよ。何がいい？」

「じゃあ、チョコシェイクの小さいカップで」

「了解。五百四十円な」

「……はいはい」

きっかり端数まで代金を徴収してくるところを見ると、とてもこの白いバッグを買ってくれた人と同一人物には思えない。私は九頭竜くんの差し出した手に、五百円玉一枚と十円玉四枚をそれぞれ置く。

「今買ってくるから。そこの公園にあるベンチで座って待ってろ」

私が支払った小銭を手に、若干小走りで買いに向かう。ざっと外から見た感じ、意外と混んでそうだから十分ぐらいかかるかな。私は言われた通り近くにある公園のベンチに——軽くウェットティッシュでふいてから——座って休憩する。

ふう……。こうして二人でデートをして約一時間経《た》った。ハカさんと京極くんがどこで何をしているのかわからないけど、意外と経ったな。

今頃二人で何しているんだろ——私は二人がラブホテルに入った想像をした辺りで首を

ぶんぶんと振ってその妄想を止《や》めた。

それにしても意外なことに、九頭竜くんには意外とデートスキルがあった。

まず、車道側を私にも気づかせないほど、自然に自分が歩いたことは、ポイントが高い。ヒールを履いていることに気づいているかどうかは置いといて、そろそろ歩き疲れる私に気を遣って休憩を提案するところ、自分一人で飲み物を買いに行くところなんかは中々教育が行き届いていますね。

また、余計な話を振って私の疲労感を溜《た》めないのも素晴らしい。だがデートのプロであるこの私から言わせればまだまだ詰めが甘い。女の子（特に女の中でも超上澄みの私みたいな神美少女）とデートをするには、そんな一朝一夕の努力では足りないのです。

大前提として、もう少し喋れ。絶対喧嘩《けんか》中のカップルだと周囲に思われてるよ。

次に時計を忘れてしまったのはかなり痛い。彼自身、金は持っていても中々奢侈《しゃし》に使いたがらないタイプだとは思う。

だからこそ、靴やアクセサリー、時計のような小物でアピールをしなくてはならない。

そしてそのアピールは、同時に隣にいる私をアピールすることにもなるということにも気が付いた方がいい。この間会った時に着けていたロレックスの腕時計で全然よかったのに。まさか今日に限って忘れるとは……。

そして最後は――

「もしもしお姉さん？　お一人ですか？　今、ちょっといい？」

――ゴミが声をかけることを想定できず、『奇跡』の美少女を一人にしたことだ。

＊

「今ちょっと時間あるかな？」

ベンチに座って足をプラプラさせている超絶可愛い美少女な私に、無謀にも話しかけてきたのは偽《にせ》イケメン風なブサイク男二人組だった。というか後ろの男、カメラ持ってるけど何勝手に撮ってんの？　許可取れよ。チェキ代払えよ。

「……すいません。人を待っているので」

こういう時はとことんスルーに限る。

ただ唯一気がかりなのは、いつも話しかけてくる男たちは、ヤリたいヤリたいとしか考えていない野獣のような気持ち悪い目をしていた。しかし目の前の男たちは、気持ち悪い目には違いないものの、性欲というよりはむしろ――

「そんなこと言わないでよ。せっかく動画に出させてあげるんだからさ」

――ああ、あれだ。自分の凄《すご》さを周囲に誇示したいタイプの、ゴミマウント男の目だ。

私は徹底的にこいつらを無視することに決めた。

あーもう！　シェイクとかどうでもいいから早く来てこいつら何とかしてよ！

げんなりしている私の様子にも気が付かず、目の前のゴミ二匹は私の美貌を見て、勝手に盛り上がっている。キモイ。

「やっべえ！　君めっちゃ可愛いよ！　絶対この娘《こ》サムネにしたら動画跳ねるって！」

「俺もめっちゃ思ってた！　な？　遠目だけど俺の目は確かだろ？」

やんややんやとうるさい虫けらどもだ。何の根拠があって、私と対等に話してもらえると思えたのだろう。その自信、プライスレス。

私に話しかける時はそれこそ、乾坤一擲《けんこんいってき》の勝負のつもりで話しかけてこいよ。

――そういえば、あのくずも自信満々で最初は来ていたな……。

やだやだ。もしかして私のレベル、気づかないうちに少し下がった？

「俺ら『BaN』っていうYouTubeのチャンネルやっててさ？　知ってるっしょ？　今学生にめちゃめちゃ流行《はや》ってるもんね」

……ああ、そうか。チームBのような本物のミーハービッチにちやほやされたから、勘違いしちゃった残念系ごみザコか。自分が本来持つ価値の低さに気が付けていないから、身分不相応の自信を持ってしまったのね。お可哀《かわい》そうに。

「知りません」

そもそもYouTubeなんて見ないし。この人たちニュースでやっている迷惑系の人？

私の率直な返しに対しても、特にこたえた様子はなく。本当に理解できない、信じられないものを見るかのように聞き返してくる。

「まじ？　え？　登録者数二十万人超えてるんだよ？　……君って遅れてるなー」

つまり日本だけでも六百人に一人以下しか知らないわけですよね？

はあー消えてほしい。出来るだけ酷《ひど》い目に遭って消えてほしい。私のそんな思いは残念ながら勘違いゴミどもには届くことはなく、ニヤニヤした気持ち悪いにやけ面を向けてく

る。そして、安物そうな何か臭いマイクを恥ずかしげもなくこの私に向けると、

「ずばり、初Hの思い出を教えてください！」

……………は？

「……きも……」

「いやいやいや。なーに純情ぶっちゃってるのよ！　ぶっちゃけぶっちゃけ！」

キモイキモイキモイ。本当に気持ち悪い。駅でゴキブリの群れを見かけた時よりも鳥肌が立ってるんですけど。

私の神肌に余計な刺激を与えないでもらえます？　繊細なんで。

「……いや本当に気持ち悪いからやめて。撮影するのもやめて。許可してないから」

「おお！　今のジト目いいね。編集でいい感じに使っとくわ」

「は？　……本当に訴えますよ？」

私は自分の可愛い顔のことも忘れて、本気で苛立《いらだ》った顔を向けた。目の前のバンだかジョンだか知らないが、隣にいるカメラマンにも本気で殺意が湧いた。こんなに非常識な人間を好んで見ているバカどもが二十万人もいるの？

終わってるね。全員死んだ方がいいよ。

「いやノリ悪ーっ！」

わざとらしいオーバーリアクションで、自称人気者は私への距離を一歩縮める。私は身の危険と嫌悪《けんお》感から横にお尻二つ分ずれる。それを見て、ジョンやらポチやらとかいう名前の男が少し苛立つ様子を見せて臭い息を撒《ま》き散らかしながら言った。

「いやさ、俺らのチャンネルに出させてもらってるのに、その態度失礼じゃないの？」

「頼んでないし心の底から迷惑」

「は？　出させてもらってる立場で調子に乗んなよクソ女」

ついに本性を露《あら》わにしたな虫けらめ。

――気持ち悪い……。消えてほしい……。吐き気する……。

「なぁ……。あんまムキになって面倒ごと起こすなよ」

「あ？　お前が指図出来る立場かよ。誰のおかげで今の地位にいれると思ってんの？」

出たー。この人気は俺だけのモノとかナチュラルに言っちゃうタイプの奴《やつ》だー。浅い所だけど曲がりなりにも芸能活動をやって、それなりの有名人と会ったことがあるからわかる。こういう自分のおかげと思い込んでいる人間は、今まで大した取り柄もなく虐《しいた》げられてきたクソ陰キャに多いよね。

本質的に人にマウント取ってないと自分の存在価値を確認できない迷惑公害悪臭野郎。

「悪かったたって。このチャンネルの人気は全部お前のおかげだってことは十分わかってるよ。だからこそ、お前がここでムキになって面倒なことになってても嫌だろ？」

カメラマンの方はまだまともな人間のようだ。冷静な状況判断による説明に、ポチやらベスやらという男は少し落ち着いたようで、ふん、とか言って少し拗《す》ねたように腕を組む。

カメラマンの虫を見るような目には、おめでたいことに気が付いていないようだ。

よっ、名コンビ。下水の臭いがするぞー。

「……とりあえず、何でもいいから素材を集めるか」

「ああ、そうしたら編集で上手《うま》いことつなぎ合わせるよ。それにサムネ用の画《え》は撮れてるから。再生回数自体はどうにでもなる」

どうやらこの人たちには、私の話は聞こえないようだ。このままどうやってもきっと勝手に色々されてしまうので、ここは無視をしてやりすごして、後で訴えればいい。

幸い、あのくず男なら優秀な弁護士ぐらい普通に何人か知っていそうだし。

というか、カフェはもういいからさっさと帰ってこいや。とりあえず、この人たちのＹｏｕＴｕｂｅチャンネル、『ベス』だけは忘れずに覚えておかないと。

……あれ？　そんな犬みたいな名前だっけ？

「初Ｈの時の年齢は？」

「どっちかというとＳとＭどっち？」

「今までで一番マニアックなプレイは？」

「今年の個人的Ｈニュースは？」

矢継ぎ早に下品な質問をしてくるのを無視して、私はスマホで犬の名前を調べる。

うーん、どう調べても出てくるのは可愛《かわい》い犬とか猫だけで、こんな醜悪な顔をした化け物どものことは出てこないなー……。

本当に人気者なんですか？

「ちっ。まじでガン無視かよ。萎えるわー。お前まじで顔だけだよな。最終的にくず男にいいように遊ばれて、年取ったらあっさり捨てられる売女《ばいた》の分際でよ」

ちなみにちゃんと全て録音しているので、そこのところはご心配なく。もし直接体に触れてきたら、本気の悲鳴をお見舞いしてやるからな。警察を呼ばれたくなければ、早まったバカなことはするなよ。私としても少しとして触れられたくないんだからな。

いくら人に関心がないことで有名な大都会新宿といっても、美少女が数分間もぶっさいくな男二人に囲まれていたら、それなりに注目を浴びるようだ。

周囲にはわずかだがギャラリーが出来てきた。するとここで、ずっと黙ってカメラを回していたカメラマンが何かに気が付いたようで、隣の自称ＹｏｕＴｕｂｅｒに伝える。

「バン。この女の持っているバッグ、この間発表された海外ブランドの最新作だぜ。まじかよ……。数百万は余裕でするみたいだぜ」

ぴくっと、つい反応をしてしまう。このバッグには色々と複雑な感情が込められているので、迂闊《うかつ》な反応をしてしまった。

当然、人の恥ずかしい部分をさらすことに情熱を燃やす、害悪系バカチューバーはこのチャンスを見逃さない。無遠慮に私のバッグに触れてきた。

「えー？　これがそんな値段すんの？　マジで⁉」

「汚い手で触らないで！」

つい大声で叫んでしまった。私が感情をむき出しにして怒鳴ったことが心底嬉《うれ》しいのか、ゴミ二人は楽しそうな顔をしながら、一人はカメラをしっかりと持ち直し、一人はマイクを私に向け直してきた。

「これは何？　『パパ』に買ってもらったん？」

「これは違うわよ！」

「聞いたか⁉　今のちゃんと撮ったよな⁉」

目をギラギラと輝かせて嬉しそうにカメラのレンズに顔を近づけるこの男に少しずつ嫌悪感だけではなく恐怖も覚えてきた。あ、やばい意識したら本当に怖くなってきた。

……どうしよう。足が震えてその場から立ち去ることも出来ない……。でも、決して怖がっているところを悟られてはいけない。何をされるかわかったものじゃないから。

とりあえず、カフェ一つ満足にお使い出来ない無能男は放っておいて、交番に行こう。

そんなに遠くはないはずだ。うん、交番にさえ行ってしまえば、こんな反社会的勢力どうにでもしてくれる。

決意を固めると、私は震える足に動いてくれと願いを込める。少し気が楽になったのか、足は無事動いてくれた。急いで踵《きびす》を返し、この小さな公園を抜けようとする。

振り返り、目線をあげると私は気が付いてしまった。

大量の目が、レンズ越しにこちらを覗《のぞ》いていることを――

「ひっ！」

私は胸を押さえてしゃがみ込んでしまった。喉が死ぬほど渇く。唇も乾燥してきた。目もなんだか熱いし、頭も死にそうに痛い。心臓がバクバクとうるさい。

目がチカチカとしながらも、ゆっくりともう一度だけ目の前を見る。

そこでは、皆が皆、スマートフォンを片手に私たちの様子を撮っている。

スマートフォン越しに見える、人の好奇と無意識の悪意が入り混じった世界で一番恐ろしい視線に、私は口の中が酸《す》っぱくなるのを感じた。

なんで……？　あなたたちにとって私は、私たちは全く関係のない他人でしょ？

どうして人をそう簡単に撮れるの？　どうして何も考えずに皆にばらまくの？

これを美人税だと、避けられないことなのだとお前らがそれでも言い張るのであれば、私は世界中を敵に回しても言いたい――全員消えてしまえ。

「君、やっぱりパパ活とか援交とかしてる人なんじゃん！」

見なくともわかってしまう。ニタニタした気持ちの悪い笑みを浮かべている、ゴミ男の不愉快な姿が。男はまるで励ますかのように、汚らしい手を私の肩に乗せてきた。

「まあまあ。そんな気にすることはないって！　今どきの大学生は皆やってるもんだからさ。そりゃ、君ぐらい可愛ければおじさんとHしてお金貰《もら》った方がバイトなんかよりもよっぽど楽だもんね？　いやー、人生楽勝でいいねえ！　羨ましいよ！」

「そんなことしてない！　私はまだ処――」

売り言葉に買い言葉。思わず言いかけた私のトップシークレットを、ぐっと喉奥に抑え込む。しかし、私のそんな儚《はかな》い努力も、この男たちにとってはただの娯楽――再生回数のための玩具《おもちゃ》に過ぎず、呆気《あっけ》なく踏みつぶされてしまうものなのだが。

「しょ……？　処女って言おうとした？」

「え？　まじで処女？」

「やっべ、きたこれ。絶対上手いこと編集して、告知用のショート動画も作ろう。これは百万回再生余裕でいくかもしれねえな！」

……死ね死ね死ね！　頼むから死んでくれ！　頼むから消えてくれ！

周囲のギャラリーに『処女』だけを聞こえるような大声で言う必要ないじゃん……！

お前らを訴えて酷《ひど》い目に遭わせても、後ろにいる自称傍観者兼無敵の加害者たちは、何の良心の呵責《かしゃく》もなく、この事実を、この羞恥を、この屈辱を世界中に拡散するんでしょ？

当然で、必然で、自然のことのように。

「それにしても君が処女ってのは流石《さすが》に嘘《うそ》すぎ！　どう見たってビッチやん」

「君みたいな美人で可愛い女の子に体で払ってもらえるなら、俺でもなんでもするからねー。その白いバッグもきっと体を使って買ってもらったんでしょ？　何回戦分？」

「君の価値って顔とスタイルがいいことだけだもんね。ほんと、女はビジュアルさえあれば、股を開いて寝ているだけで大金が手に入るから人生得してるよなー？」

ああ……。気持ち悪い。無遠慮に好き勝手言いたい放題。

私がもう何も言い返すことも、気にしていないですという余裕の素振りも出来ないのを知ってか知らずか、思う存分私の心をレイプしてくれちゃって。

ほんと、ちょくちょく心のレイプはされるけど、今日のは過去トップスリーに入るくらいきついなー……。この後の面倒臭さを考えると今から全てが嫌になるよ……。

「あ！　その痴女みたいな服、似合ってるよ。めっちゃビッチっぽくて」

あー……きっつ。

今のはきついなー……。おっかしいなー……。一番のクリティカルヒットかも……。

ハカさんが選んでくれた服を馬鹿にされたからかな。友達になりたいと思っている娘《こ》が選んでくれた服だから、それを馬鹿にされてきついのかなー……。

それとも、この服を似合ってるって、あの『くず』に言ってもらえたことが嬉しかったから……？

「そこを退《の》け。ゴミども」

絶望に打ちのめされ、座り込む私の耳と心に、背後から自信に満ち溢《あふ》れた声が響く。

ボンッ！　という音の後に、ガシャンッという大きな音が聞こえ、コロコロと何かの部品のようなものが私の足元に転がってきた。

……これって……レンズ……？

＊

「悪いな。シェイクを自力で買ったことがないので遅くなった」

「いやな。あのカフェにはちょくちょく行くんだが、いつもは真白——妹やカズが代わりに注文してくれていて、俺はそれを見るだけなんだ。だからまあ、きっと出来るだろうなと思ったらよくわからないことを散々言われてな。結局よくわからんまま店員にお薦めされたチョコレートチップを入れてしまった。だからあと五十四円。後でくれるか？」

あれだけ振り返って醜悪のゴミ二匹の方を向くのを嫌がっていた私なのに、聞き覚えのあるくずの、くずな発言を聞いたら何の躊躇《ちゅうちょ》もなく振り返ってしまった。

くず男はカスタマイズセンスの欠片《かけら》もないシェイクを両手に抱え、少し申し訳なさそうな顔をしていた。だが、勝手にカスタマイズした分の小銭もしっかり徴収しようとするそのくずっぷりに、何故《なぜ》だか心の底から強い安心感を抱いた。

「あ……あ…あぁー！」

聞くに堪えない甲高い絶叫が聞こえる。私はそそくさと九頭竜くんの背後に隠れた。

「嘘だろおい！　今日の分のデータ全部吹き飛んだぞ……」

「はあ!?」

バンだかジョンだかの男は、顔を蒼白《そうはく》にした後、一瞬で真っ赤に変えて、肩を怒らせて立ち上がると、「てめえ！」と叫びながら九頭竜くんの胸倉を摑《つか》みにかかる――

「げほっ！」

――直前に、華麗な前蹴りが男の腹に突き刺さる。男はそのまま、先ほどまで私が座っていたベンチの隣まで、勢いよく吹っ飛ぶ。

あ、ベンチの角に頭もぶつけてる。

「ほう。この俺にタイマンでの喧嘩《けんか》を挑もうとするとは。ごみの割には中々見上げた根性じゃないか。……おい、カメラマン。お前も来るか？」

カメラマンは顔面を蒼白にしたまま一歩ずつじりじりと私たちと距離を取る。ある程度までの距離に達した時点で、スマホを片手に一目散に駆けだした――

「がっ！」

――直後に、カメラマンの脳天にハイキックが直撃した。

「ふむ。人を傷つける割には、傷つけられることに脆《もろ》い奴《やつ》らめ。おい、飲んで待ってろ」

九頭竜くんは私にシェイクを手渡すと、地面に転がっていたカメラマンのスマホを踏みつぶす。凄《すご》い威力らしく、完全に中のＳＤカードも破損しているであろう。

よだれをだらだらと垂らしながら、死ぬ間際《まぎわ》の動物のように無様に喘《あえ》ぐ自称ＹｏｕＴｕｂｅｒからも同じようにスマホを奪い取り、思い切り踏みつぶして完全に破壊する。

「……ふむ。こんなもんかな」

そう言いながら、持っていた自分の分のシェイクをチューとストローで飲む。

私は一連の行為——暴力行為をぼーっと眺めることしか出来なかった。

……正直に言います。完全に見惚《みと》れていました。あまりにも、爽快で痛快な一撃に。

今までも、辛《つら》いことは何度もあった。苦しいことも何度もあった。友達は誰も助けてくれなかった。ママは気にするなと慰めた。パパだけは許せないと復讐《ふくしゅう》をしてくれた。

パパはいつも私が傷つけられると、ありとあらゆる手段を使って復讐をしてくれる。

でも、私からすればそれは目には見えないもので、何も解決してなくて、ただ惨《みじ》めさだけがこみあげてきて——

子供同士のいざこざだから、大人のパパがすることには限界があるのだろう。

他の人は何もしてくれないのに、パパだけは味方になってくれて感謝はしていた。

しかし、スッキリはしなかった。出来なかった。結局、言いくるめられているだけなんじゃないか、と子供ながらに考えてしまった。でも——

「大丈夫か？　おいおい、折角この俺とデートをしているというのにその暗い表情はどうなんだ？　笑え笑え、愚か者」

この男は、この『くず』野郎は、何よりも野蛮で最低で……胸がすく方法——暴力——

を、惜しむことなく、ふんだんに、『私のためだけ』に使ってくれた。

――ぽろぽろと、涙がこぼれ出る理由を、わざわざ説明しろというのはあまりにも野暮ではないのか？

「わ、わ、わ！　冗談だ、泣かないでくれ！」

そう言って、頭ではなく背中をさすさすと撫《な》でてくれているのも、きっと妹の気持ち悪い教育の賜物《たまもの》なんだろう。業腹《ごうはら》だが、ここは大人しく甘えておいてやるとするか。

私は泣きながらも、それでも声だけは凛々《りり》しく、九頭竜くんの胸に顔を軽く押し付けて出来るだけ九頭竜くんの顔を見ずに言った。

「だ……大丈夫……なの？　こんな無茶……しちゃってさ……。周りに動画を撮っている人だっているんだよ……？」

「ふむ。そうだな。もしかしたら大学は退学になるかもしれんな」

「えっ！」

思わず顔を上げ、彼の顔を近くで見てしまう。

私は一瞬で胸がきゅーと締め付けられ、震える声で言った。

「わ、わたしのせい……だよね？　な、なんとかしないと！」

えっと、動画を撮っている人たちに事情を説明して——でもこんなゴミどもに話が通じるわけないし。じゃあ大学側に——何よりも世間の評判を気にするあの大学がそんな措置を取ってくれるはずがない。

ああだこうだと考えていると、ふふふ、と腹立つどや顔で笑いかけられる。

「……もしかして、何か考えがあるの？」

「特にはない」

空元気かよ……と一瞬絶望するものの、彼は何も気にした様子がなくなおも続ける。

「だが問題ない。何故なら俺は、『天才』だからな」

……私を慰めてくれているのだろうか。

そんなくだらないことを言ってないで、と言おうと思った矢先、腹を蹴られた自称人気者が、ごほごほと咳《せき》をしながら、息も絶え絶えに言う。

「ひゅー……。ぜ……ひゅー……ぜったいに……後悔させてやる……！　覚えてろ！」

こういう戯言《たわごと》を私は何度も聞いてきた。もちろん、相手にする価値のないただの虚勢であることが九割程度であった。しかし、残りの一割は何をしでかすかわからない。

的確に最悪で下劣な一手を取ってくる最低で危険な人間というのが、この世の中にはいるのだ。私の長年の直感から、こいつはその一割に入っている。最悪なことに。

「ふむ。先に言っておく。強がりでそんなことを言ったのだろうが、俺を相手にそういう虚勢を張ると碌《ろく》なことにはならないぞ。今の内に土下座をすれば、特別に許してやろう。お前らごときにこの俺様と——この女の貴重な時間を使いたくはないからな」

九頭竜くんは目の前の男——久しぶりに浴びた圧倒的強者による圧倒的上から目線で、目を真っ赤に充血させ怒り狂っているこの勘違い男を歯牙《しが》にもかけなかった。

それに一層の屈辱を感じた男は、血がにじむほど強く唇を噛《か》むと、何を考え付いたのかいきなり醜悪な顔を思い切り歪《ゆが》めた。そして、カメラを持って構えているギャラリーの方に向かって大声で叫び出した。

「助けてください！　僕は『ＢａＮ』というＹｏｕＴｕｂｅｒです！　撮影中にいきなり暴力を受けました！　誰か助けて！　警察を呼んでください！」

その一言に圧倒的第三者で無自覚の加害者が、一斉に善意の悪人となる。

「え？『BaN』って本物？　まじ？　やっばぁ！　あれって撮影だったんだ」

「あの男の人、確か『BaN』たちのカメラをいきなり蹴ってたよね？」

「何もしてなかったのに暴力かよ。じゃあ警察呼ぶ？」

「うわー……。あの金髪の男の人カッコいい……」

「あの女マジカワええ。あの二人芸能人でしょ。これなんかのドッキリじゃね？」

「え！　じゃあストーリー乗っけちゃお！」

この世界で一番嫌いな人種が、この世界で一番死んでほしい人種になった瞬間を見た。

「は……ははっ！　お前ら……一体誰を相手にしてると思ってんだ？　この俺の知名度を甘く見るなよ！　一生ネットの晒《さら》しものとして、迫害される人生を送れ！」

まだ蹴られた腹をおさえながら、ニタニタと勝ち誇った顔でこちらを見てくる。

……ああ、やっぱりこうなる。

世界が求めているのは、顔がいい人でも頭がいい人でも才能に溢《あふ》れている人でもない。声が大きい目立つ人だ。私たちみたいな、生まれついての超『天才』は、生まれついての孤独になる運命なんだ。

これまでの二十年の人生で、何度も何度も繰り返し自問自答してきた末に見つけ出した答えを、今もう一度、このタイミングで噛みしめる。

「……ははっ」

自嘲に満ちた空元気な笑いが思わず出てしまう。

でも、今日はいつもと違う。完全な孤独ではない。完全な一人ではない。横にいてくれる。横にいて、この辛さをわかってくれている。私は一人じゃない。

……そうだよね――？

「言いたいことはそれだけか？」

「がひっ！」

私のセンチメンタルな思いをよそに、横にいる『天才』はゴミに追撃の一撃を容赦なく喰《く》らわせた。

「げほっげほっ……。おええ……。いたぁ……。ひっぐ……な……なんでぇ……？」

完全に自分が優位な立場にいると誤解をしていたのか、すっかり油断しきったただらしない腹にえげつない蹴りが入った。まあ、私も予想外すぎて開いた口がふさがらないですし、何も理解出来なすぎて一周回って冷静にこの状況を分析し始めてますからね。

九頭竜くんはふんっと鼻息を漏らすと、勢いよくシェイクを飲み干して近くのゴミ箱に投げ入れる。

そして両腕を組み、スマホを構えたギャラリーの前に仁王立ちになると、

「え……ちょ……」

私が慌てて何をするのか問いただそうとするが、時すでに遅し。

「この俺様はW大学二年、九頭竜 王子様だ！　頂きに立つ他人の人生を覗《のぞ》き見することでしか頂点の気分を味わえない惨めな最下層の負け犬ども！　この世界の頂上たる俺様の、別格のビジュアルを後生大事に保存しておくがいい！」

「お前は本気のバカなのか⁉」

私は一口も飲んでいないシェイクをその場に置くと、急いでヒールを脱いでバッグと同じく左手に持ち、くず男の腕を右手に取って急いでその場から裸足《はだし》で駆け出した。

「あーもう！　なんでバカに油をそそぐかなー！」

＊

「はあ、はあ、はあ……」

「ふう……」

私たちは近くにあったショッピングモールの踊り場まで走ってきた。

き……気持ち悪い……。一時間前に食べた、消化され切っていないパンケーキが胃の中でゴロゴロと暴れまわってる……。

私は呼吸を軽く整えると、持っていたヒールとバッグを地面に優しく置き、スカートであることも気にせずその場にうずくまった。

「全く。何も逃げる必要なかっただろ。それも裸足で」

男女の身体能力の差ゆえか、それとも引っ張られただけだからか、くず男は少しも息を乱さず、かつこの陽気でダッシュしたのにもかかわらず汗の一つも滲《にじ》んでいない。

……くそ、私だって運動神経抜群なことで知られてるんだぞ。

「ほれ」

彼は自身のミニバッグからウェットティッシュを出すと、一枚とって私にくれた。

「……ありがと」

そんなに汗出てるのかな……。どうしよう。私は気恥ずかしさからぶっきらぼうな返事をしてしまったが、汗が滲んで化粧が崩れてしまうのも嫌なので、彼に背を向け鏡を取り出し、汗を確認する。

……うん、思っていたよりは化粧も崩れていないし、汗も出ていない。でもせっかく貰《もら》ったし、軽く当てる程度に汗を拭きとるか。私がポンポンと、鏡を見ながら貰ったウェットティッシュで顔を叩《たた》いていると、彼が不思議そうな顔で覗き込んできた。

「ちょ……！　女の子が鏡持っている時は覗き込んじゃダメって、妹さんに教わらなかったの⁉」

「あ……すまん。口酸《す》っぱく言われていた……」

全く、優秀で過保護な妹だこと。九頭竜くんはしゅんとした様子で元の位置に戻る。

私が鏡でのチェックを終えて九頭竜くんの方へ振り返ると、彼はもう一枚のウェットティッシュを渡してきた。

意図がわからず首をかしげると、彼は目線を私の足元に向けた。

「足を拭く用だ。元々そのつもりで渡していたんだがな。だからもう一枚やろう」

「ッ！」

自分でもわかるぐらい顔を真っ赤にさせると、せめてもの抵抗として怒鳴りつける。

「先に言ってよ！」

＊

「全くもう……。紳士ぶるなら最後まで気を遣えっての」

私は近くにあったショッピングモール内の女子トイレで、大きな鏡を見ながら再度身だしなみを整えていた。

ウェットティッシュを貰った後、足を拭く際に片足立ちになるのでどこかに摑《つか》まれるところはないかと探していたら、何も鼻につく発言なく快く肩を貸してくれた。

九頭竜くんの肩に手を置いたまま汚れた足裏を拭いていたところ「多分あとちょっとでパンツ見えるぞ」と全くのノーマルトーンで言われ、イラッときた私はそのまま彼の顎に思い切り頭突きを喰らわした。

当然そんな攻撃を予測していなかった彼は、頭突きの反動でよろけると、私もろとも思い切り転んでしまった。

幸い彼がクッションになってくれたため私には一切の痛みはなかったのだが、このままだと間違いなく外からパンツが丸見えになっていると思ったので、急いで体勢を変えた。

咄嗟《とっさ》の機転に我ながら感心をしていると、いててと起き上がった彼がじっと真面目な顔をして感心したように言った。

「……ふむ。純白か。狙っているのか素か、どちらだ？」

一瞬何を言われているのかわからなかったが、徐々に意味を理解し、恐る恐る今の状況を確認する。

外から見られることを防ぐことしか考慮していないM字開脚の今のこの状況は、ここぞとばかりに目の前の男にパンツを見せつけている、本物の痴女さながらであった。

「くうう……！」

恥ずかしさから半分涙目になりながらも、まだ少し汚れた素足のまま、顔を思い切り蹴り飛ばした。そして汚れるのも気にせず靴を履くと、急いで女子トイレに駆け込んだ。

「……はあああ……。そういえば男子にパンツ見られたのって、ストーカーとか盗撮とかそういう犯罪行為除くと初めてかー……」

『初めて』があのくず男かぁ……。あのくず男に、私の貴重な『初めて』の一つをプレゼントしてしまったことに、ため息が止まらない。

既に足を綺麗《きれい》に拭き終えて、折角だからと化粧も整えてなどなど。

まるでデート中の乙女のように身だしなみのチェックを入念に行い終わったのだが、先ほどのことを思い出すと、どうにもあの場に戻ることが億劫《おっくう》になる。

「気持ち悪いって私が全然思っていないのが、逆に問題なんだよなぁ……」

パンツを見られたし、なんだったらさっき逃げる時に腕も組んでしまっている。

自分の迂闊《うかつ》さに呆《あき》れてしまうけども、不思議と嫌悪《けんお》感はない。

「それなりに、あの男に好印象を抱いてしまっているのかい？　私よ」

誰もいないトイレの中で鏡の中の自分に問いかける。

男に好かれることは当然でも、男を好きになることなんて今後一生ないと思っていた。

スペックが優秀な男を捕まえて、金を吐き出させて、自分はその金で家政婦でも何人か雇いながら悠々自適に専業主婦の真似事《まねごと》でもして、周囲のママ友にマウントを取って生きようとか適当に考えていたけど、実際そういう状況にはなれないと思っていた。

男と一緒に暮らすなんて絶対嫌だし、体を重ねるなんてもってのほかだ。処女でいたいわけじゃない。でも、Hをしたいわけじゃない。そんなジレンマを抱えて生きてきた。

最近は、自分は『女』ではなく、『天使』の類なんじゃないか？　だから男性にときめかないのではないか？　とか真面目に考えて、ママに相談して笑われた。

ただ……まあ、その……。自分の心の中でもあまり認めたくはないことだけども、さっきの一連の出来事に、ドキドキしている自分がいるのには気が付いていた。

本当に心の底から全てが嫌になった瞬間に現れてくれたこと。

リスクを顧みずゴミ二人を蹴り飛ばしてくれたこと。

周囲からの好奇の目線にも動じず堂々としてくれたこと。

助けてあげたと押し付けることなく何事もなかったかのように接してくれること。


どれもこれも簡単なことではない。

パパもママも出来ないことをあの男は平然とやってのけた。


普通の男ならば、永遠に助けてあげたと恩人アピールをしてくるか、傷心中の私にしつこく「大丈夫？」と聞いてつけこもうとする。あの男は、一切そういうことをしない。

本当に、あの男にとっては何でもないことなんだろうな。

そこでふと、先ほどの逃亡劇を思い出した。逃げ際にも大量のスマホが追ってきた。

だけど、その時はかつて一人で感じた時のような辛《つら》さ、惨《みじ》めさは不思議となかった。

むしろ――


「ふふっ」

──楽しかった。裸足で駆け回るなんて生まれて初めて。

ああ、また『初めて』をあげちゃった。逃げ出すっていう、いつもだったら悔しくて辛くてたまらないことなのに、なんで……。なんでこんなにも、楽しいんだろう。

……別にドキドキしているからって、彼を好きになったとかそういうのじゃない……と思う。あんな、シスコンで処女厨《ちゅう》でデリカシーがなくて顔が良くてお金持ってて頼りがいがあって優しいくず男、この『奇跡』の美少女が好きになるはずがない。……うん。

「よし……よし！　いつもの可愛《かわい》い私カムバック！」

気合を入れ、最後にもう一度だけ身だしなみを確認した後、トイレから出た。

＊

随分長いことトイレにいた気がするが、大きい方と思われなかっただろうか。

まあ思っていたらマジで軽蔑するけど。

そんな心配は杞憂《きゆう》だった。ショッピングモールの片隅にある寂しいベンチに一人で座っているくず男は、頭を抱えてうずくまっていた。

……もしかして、私の前では何でもないことのように振る舞っていたけど、実際はあんな無茶をしたこと、後悔してるのかな……？

そうなると、さっきまでの堂々としているという印象は変えなくてはならない。

うん、可愛いところもあるじゃん！

よし、なら今度は私が慰めてあげよう。天使のように優しく心地よく、トロトロに甘やかしてやろう。精々私のことを意識して、悶々《もんもん》としてもらおう！

私はゆっくりと彼の座っているベンチの方に行き、彼の目の前に少しかがんで、両手を可愛らしいメガホンの形にし、最大限甘い声を使って囁《ささや》いた。

「……くずりゅーくん？　だいじょうぶ？」

その声でようやく私が戻ってきたことに気が付いたのか、九頭竜くんはゆっくりと顔を上げこちらを見る。

「……ああ。美地原《みちはら》か……」

その顔からは先ほどまでの余裕は失われていた。

もしかしてＳＮＳでさっきの動画が出回っちゃったのかな……。私はＳＮＳを見られないからわからないけど……。せめてもの償いとして、私は彼の右横に腰かけると左手で背中をさすさすと撫《な》でてあげた。

償いの意味もあるが、同時に仕返しの意味もある。

私もさっきこれをされた時、かなり心臓に負荷がかかったからな。

「大丈夫だよ。さっきあなたが私のためにしてくれたことを、私は絶対に忘れない。必ず私は——私だけは、あなたの味方になるからね」

この甘い言葉に、果たして耐えられるかな？

普通の男ならば、勢い余って襲ってくる可能性もあるけど。彼に関しては心配ない。そんな度胸ないだろうし、襲ってきたところで別に——……別に何でもないわよ。

気を取り直して、追撃とばかりに若干体を彼の方に寄せる。急にお互いの体が触れ合ったことで彼の体がびくっと震えた。

ふふふ……あと一歩。ここで止めとばかりに彼の頭を抱いて、優しくこの天使のお胸に包み込んであげよう。……あげよう……？

……え、ちょっと待って。無理無理無理。恥ずかしいって。恥ずかしすぎるでしょ！

私の完璧なメロメロ計画では、最後のおっぱいサンドで心も体も溶かしてしまおうとか妄想していたんだが……。

まずおっぱいに触れさせるというところでレベル高すぎて無理。

宙ぶらりんになってしまった両の手をどうしようかとあたふたさせていると、その異変に気が付いたのか九頭竜くんが体を起こした。

すると、唇を少し突き出せばキスできるほどの距離にまで近づいた。


「ち……！」


近い近い近い！　え⁉　無理！　恥ずかしい！

……は？　なんでお前は平気そうなの？

ふーん……。ならもういい。このままこの距離で悶《もだ》え殺してやる。

慰めるという当初の目的などとうに忘れ去り、私の魅力を体に教え込むという新たな目的のため、また一歩彼の方に体を寄せる。

ほぼ抱きしめているような距離だが、彼の方は別段気にした様子はない。

まるで、女性がこの距離にいるのが日常かのような反応だ。

……気にくわない。全然ドキドキしないこともそうだけど、何よりも他の有象無象の女ならまだしも、私というトップクラスの美女といてこの反応は本当に気にくわない。

それともあれかな。落ち込みすぎてそんな余裕がないのかな。

うん、そうだな。そうに決まっている。そんな風に色々考えていたら、くず男がゾンビのような顔でゆっくりと重々しく話し出した。


「……絶対にやってはいけないことをやってしまった……」


ああ……。やっぱりさっきのことを気にしているのね……。

私的にはあの一連の騒動は胸がすく思いだったけども、彼からすれば本当に人生を左右しかねない大問題だったのかもしれない。

うん、パパに九頭竜くんをうちの会社で雇ってもらうように頼もう。私のためにやってくれたんだから、きっとパパも許してくれるよね。

……なんだか着実に外堀を埋めていっているように一瞬思ってしまったけど、気のせいだよね！

早速私は、彼を安心させるように、もう一度背中に手をあててゆっくりと撫でてあげながら、優しい声で言った。

「大丈夫。絶対に大丈夫だよ」

「……本当か……？」

「うん。私が、必ず何とかしてみせる。……信じてくれる、かな？」

黄金コンボ食らわせました。これぞ魔性の女、美地原三姫《みき》。九頭竜くんはあからさまにドギマギした表情を見せ、そして私との距離がかなり近いことを意識し始めたのか、もじもじと座りなおして距離を取ろうとしている。

これこれこれ！　私と一緒にいる時の模範反応例はこれですよね！

九頭竜くんは私へのときめきを何とか悟らせないようにしているのか、数回深呼吸をする。そして意を決したような表情で——スマホを私に渡して画面を見せてきた。

そこにはライントーク一覧の画面があり、【真白　９９９】というのが見えた。

「……えっと？　何これ……？」

「……俺の妹からだ。今日は元々予定があったんだが、ある条件と引き換えにデートに行くのを許してくれたんだ」

混乱する私のために、彼はわなわなと震えた両手で顔を覆いながら状況を説明する。

「その条件の一つに、三十分に一回連絡をする、というのがあったんだが……。くっ、いつも真白と一緒にいる時にスマホをいじると死ぬほど不機嫌になるから、そのノリで今日もずっと、スマホの電源を切ってしまっていたんだ……」

「へ、へえ……」

正直、シスコン気持ち悪いとか。私より妹優先するなとか、もっと心配することあるだろとか言いたいことはあるが、それ以上にこの『真白』という少女に恐怖心を覚えている。

それと同時に、そんな妹に似ていると言ったこの男への苛立《いらだ》ちもしっかりとある。

だって、兄がデートに行っているとわかっているのに、普通こんなにライン送る？

お兄ちゃん大好きなのは何となく予想がつくけど、それ以上に束縛系メンヘラ臭がえぐい。そんなメンヘラブラコン女に似ていると言われて、私が何故《なぜ》喜ぶと思った？

「ねえ、……あなたの妹さんのプロフィール写真なんだけどさ……」

「ああ、それ俺と妹だ」

「だよねえ⁉」


この女、自分のラインのホーム画に兄の寝顔、トプ画に兄とのツーショット載せてるよ。

年齢的に高校生だよね？　学校生活は大丈夫なの⁉

え、もしかして最後までヤっちゃってる？　それは流石《さすが》にドン引きを通り過ぎて死んでほしい。というかさっきまでの私の複雑なドキドキを返してほしい。

軽蔑を通り越して刑罰を与えたい。兄妹《きょうだい》そろって終わってる……！


本当、なんでこんな男にときめいちゃったんだろう……。

私、処女拗《こじ》らせすぎなのかな？


もういいや。私は投げやりになって、勝手にラインを開いて既読をつけてしまう。

意図して既読にしてないんだろうけど、正直こんなシスコンくず男なんてどうでもいい。

私は椅子に座り直してくず男から距離を取ると、メッセージを見てみた。

真白 ▶▶▶▶▶▶▶▶▶ 王子

真白
『お兄ちゃん必ず連絡してね』

真白
『お兄ちゃん必ず連絡してね』

真白
『お兄ちゃん必ず連絡してね……返事は？』

『不在着信』☎

真白
『ねえお兄ちゃん時計忘れてる。早く取りに戻って。早く』

真白
『時計忘れてるから早く戻れ』

『不在着信』☎

『不在着信』☎

真白
『時計だけは絶対に忘れちゃダメやめて。
お願いだからライン見て』

真白
『お兄ちゃんから連絡ないとつらいよやだよ死にたいよ』

真白
『ラブホテルとか行ってないよね？
大丈夫だよね？　大丈夫だよね？』

真白
『お前まじで切り落とすぞ』

『不在着信』☎

『不在着信』☎

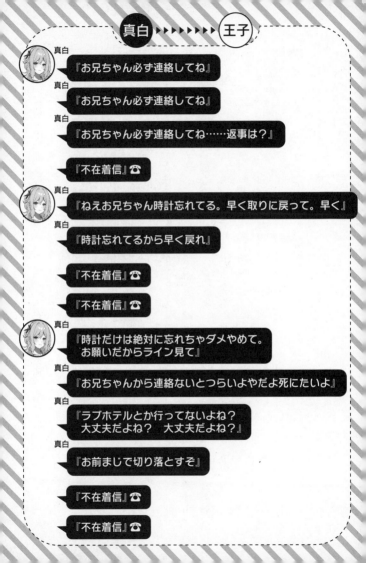

そこには、予想通りのメンヘラメッセージ、不在着信が鬼連打されていた。

「……うわー……」

私はそこでラインを閉じ、天を仰いだ。これは……強烈ですねぇ……。

怒りとか呆《あき》れとかそういう諸々《もろもろ》の感情を全て失い、私は彼に強い同情心を抱いた。

この人は、私とは全く別の次元でとてつもない敵と戦っているんだな……。

「……あー、だから女性との交際経験が少ないんだ」

私は真理を掴《つか》んだかのように、ぼそりと呟《つぶや》く。まあ、こんな化け物級の束縛シスター。しかも顔は、流石兄妹なだけあってSランク（私はSSランク）。これほど美少女の妹が側にいて、こんなにも全てを管理されていたら、それはまあ彼女出来ないよね。

イケメンでもモテない理由が人にはあるということを私は学んだ。

……次に活《い》かすことはないと思う。

「な、なあ……どうしたらいいと思う？」

「知らない」

「そんなぁ……」

彼は絶望に染まった顔でこちらを懇願するような目で見つめてくる。

……はあ。なぜだか突き放せないこの感情は一体何なんだ？

まさか……これが母性？

私は深いため息をわざとらしくこれみよがしにすると、ジト目で言った。

「とりあえず、連絡なくて心配してるみたいだから、電話してあげたら？」

九頭竜くんには今までの余裕な雰囲気は一切なく、小動物のように怯《おび》えながら言う。

「で、でも怒られないかな……？」

「怒られるでしょうね」

「そんなぁ……」

少し涙目になりながら絶望の表情で九頭竜くんは嘆く。まあわからないでもない。あんな恐ろしいラインを連打するような妹を怒らせるなんて、普通だったら死一直線だ。

「それでも、電話をかけなかったらもっと怒られるんじゃない？」

私にしては珍しく至極真っ当なアドバイスをしている自覚がある。

心底どうでもいいと思っているくず男に対して、こうして真面目にアドバイスをしてあげている。これでさっきの分はチャラでいいですかね。……流石に足りないかな？

「よし……じゃあ電話するぞ……よし」

「早くかけろよ」

いつまでもうだうだと悩んでいてうざいので、私は強引にスマホをひったくりそのまま通話ボタンを押して九頭竜くんに返してやる。

「ひいっ！」

悲鳴を上げた九頭竜くんは、軽快に鳴る呼び出し音に怯えながらもゆっくりとスマホを耳に当てる。そしてワンコールも経《た》たないうちに相手が応じた。

「……あ、まし──」

『お兄ちゃん！　既読つけたよね？　ライン見たよね？　なんですぐ電話してこないの？なんで？　ねえなんで？　おしえてよおしえてよおしえてよおしえてよ！』

「いやこれには事情が」

『聞きたくない聞きたくない言い訳なんて聞きたくない。嘘《うそ》つきの兄は死にました。嘘をつかれた妹もつかれたのでそろそろ死にます。さようなら』

「真白頼む俺の話を聞いてくれ！」

九頭竜くんは私に通話を聞かれるとマズイのか、スマホを持ったまま非常用階段の踊り場の方に歩いていった。一体全体どこが私と似ているのだろうか。お願いだから原稿用紙三枚に纏《まと》めてきて、私を納得させてほしい。

それにしても、デート相手の私は放《ほ》ったらかしですか。そうですか。

いや、別にいいんだけど。今までのデートだって特段しっかり喋《しゃべ》ったわけでもなく、ずっと二人で黙って歩いていただけだし。面倒なことに巻き込まれて助けられただけだし。二人きりの甘い時間なんてなかったし。

……そもそもそんなもの求めてもないけどね。

でもね、私はさっき深い心の傷を負ったわけですよ。ここはもう少し私に構うべきなんじゃないのかなって思う。いや確かにね、こういう状況で「大丈夫？」「俺がいるよ」とか言われると本気でイライラするし、放っといてくれとは思いますよ。

でも、実際放っとかれて、しかも相手は別の女の子のご機嫌取りに必死になっているときた。これには私も思わずにっこりしてしまいますよ。

つーか早く電話終わりにしてくれないかな。私の方に戻ってきてくれないかな。いつまでも他の女に構わないでくれないかな！

もういい。この私を一人にしたことを後悔させてやる……。

何故かどうしようもなくイライラしている私は、悪魔的行為を実行することにした。

ずばり、『お兄ちゃんは女神様とお楽しみちゅー』作戦だ。

説明しよう。まずはこっそりくず男の背後に立ちます。そして耳に当てているスマホの側で喘《あえ》ぎ声を出します。以上です。

「九頭竜くんが悪いんだからね」

自分を納得させるように少し大きめの声で一人言を漏らす。

ちらっと階段の方を見るが、まだ出てくる様子はない。

……じゃあ決行するんで、後悔してくださいね。

私は『お兄ちゃんは以下略』作戦を実行することを決断し、喉の調子を確認する。

そこで、はたと気が付く。

「喘ぎ声ってどうやって出すんだろ……」


女神で処女な私は、当然人前で喘ぎ声など出したことはない。

もちろん、この歳《とし》だし、全く何一つ予測がつかないわけじゃない。

でも、実際に今からやってみろと言われると……ちょっと不安かも。

「練習してみようかしら」

私はきょろきょろと周りを見渡し、誰もいないことを確認すると、蚊の鳴くような声で喘ぎ声を試してみた。


「あ……あーん……」

……ダレカコロシテ。


全身にまるで熱湯を思い切りかけられたかのような錯覚を感じた。

恥ずかしさのあまり、両手で顔を覆ってその場にしゃがみ込んでしまう。

……それにしても何今の声。わざとらしいにもほどがあるでしょ……。

いやでも待て。今のは照れが出たからだ。

この私なら、たとえ喘ぎ声でも本気を出せばきっと上手《うま》くやれる。だって私だもん。

丁度周りには誰もいないし、九頭竜くんは電話中だし、絶好のタイミングだ。家でなんて絶対練習できないし、これをいい機会だと思えばいい。

よし、そうとわかれば――

「ん……あんっ……だめ……」

まだまだ！

「……も、むりぃ……らめぇ……」

まだまだまだ！

「あ……はっ……あ……イク……」

まだまだまだまだ！

「あぁぁあん！」

「美地原《みちはら》三姫《みき》だな」

「あうぇ？」

渾身《こんしん》の絶頂演技でハイになっているところに水を差され、思わず変な声を出してしまった。振り返ってみると、そこには怖いおじさん三人がいた。

三人ともスーツを着ていて、手前から坊主《ぼうず》眉無、アフロ刺青《いれずみ》、ひげもじゃ黒サンタ。どう見ても、一般人ではなかった。お薬を使って、本当の意味で『らめぇ』なことをさせる人たちだった。そんな人たちに喘ぎ声を聞かれちゃった。

私、一人。相手、三人。うむ、結論が出ましたね。

私、これから犯されます。

＊

「いやあああ！　助けて九頭竜くんッッ！」

私は猛ダッシュで九頭竜くんのいる踊り場の方へ駆け出す。たどり着くと、階段の端っこの方で頭を下げながら情けない顔で謝っている九頭竜くんがいた。その光景を見ると、私は打算も何もなく、ただひたすらに体当たりのように思い切り抱き着いた。

「うおっ！　な、なんだぁ？」

九頭竜くんはいきなりの出来事に戸惑っているようだが、私は抱き着いた時に全身で感じるこの安心感と間近に迫っていた恐怖が合わさり、泣きながら叫ぶ。

「九頭竜くん助けて私を助けて！　やだやだレイプはやだ！　初めてが無理やりはやだ！　私だって初めては好きな人がいいの！　助けてお願い！」

「わ、わかったから落ち着け。助けるから、な？　だから手を離してくれ」

「やだよ怖いよ離れないでよ私の側にいてよ！」

『お兄ちゃんもしかして抱き着かれてるの？　お兄ちゃんもしかして抱き着かれてるの？　お兄ちゃんもしかして――』

「真白も一回落ち着けって。何がどうなっているかよくわからないんだ」

「またさっきみたいに助けてよぉ……！」

『さっきみたいにって何？　お兄ちゃん。さっきみたいにって何？　ねえ、お兄ちゃん』

「もうお前らが直接喋れ！」

九頭竜くんはそう言うと、手に持っていた自分のスマホを私の耳に当てる。乱暴な声で怒鳴ったけれども私のことは心配してくれているのか、私を落ち着かせるために頭にぽんぽんと優しく触れてくれる。私はそれで冷静さを取り戻し、ゆっくりと手に込めた力を緩める。緩めるだけで離しはしないが。

『ねえお兄ちゃん！　真白とのお話が途中なんだけど！　ねえ！』

「うるさいわね！　今私が感傷に浸ってるの！」

『はあ？　あんた誰？　私のお兄ちゃんに抱き着かないでビッチの匂いがつくから』

「は？　ブラコン極めたぼっち女が何調子いいこと言ってんの？」

『なんでぼっちって知ってんのよ！』

「私と似ているって言われてたからだよ！」

「仲良くしろとは言わないが、頼むから冷静に話してくれよ……」

私が電話越しにブラコン束縛ぼっち女と喧嘩《けんか》をしていると、呆《あき》れたような、同時に何故《なぜ》か少しだけ喜色も兼ね備えた声で九頭竜くんが言った。

でも言わせてください。この女絶対ろくでもない！

こういう自分自分自分自分！　っていう女はもう女として論外に近いよね。

「おい。美地原三姫。どこへ行く」

「ひぃぃ……」

『おい、お前今どさくさに紛れてお兄ちゃんに抱き着いてるだろ？』

　喧嘩の苛立《いらだ》ちで多少気は紛れていたけれど、そういえば私はレイプ未遂の途中だった。きっと九頭竜くんなら何とかしてくれるとか思って来たけど、今思えば相手は三人だし、拳銃とか持っていたらいくら九頭竜くんでも――

『お兄ちゃんはどんな時でも絶対助けてくれるからわかったら早く離れろよくそビッチ』

　ピッ。うるさいので通話は切った。ついでに電源も切っておいた。悔しいけど、ぼっち女には同意する。この男はくずだけど、何とでもしてくれそうな謎の安心感がある。

　だからこそ、無理はさせたくないとも――

「ねえ大丈夫……？　また一緒にさっさと逃げようよ……」

「心配するな。問題ない」

　彼は両腕を組んだポーズのまま、ため息をつき少し申し訳なさそうに言った。

「俺の部下だ」

＊

人生『初めて』のドライブデートは、怖いおっさん三人とくず男とのリムジンデートでした。

……今日という一日に、イベントぶち込みすぎじゃないですか？

私、もう売り出せる『初めて』が少なくなってきたんですけど……。

そんな風に現実逃避をしてみても、起こってしまった以上もうどうしようもない。

私は目の前にいる怖いおじさんたちをちらりと見る。

先ほど九頭竜くんから聞いた話によると、どうやらこの人たちは九頭竜くんが行っているビジネスの協力者らしい。

ただ九頭竜くんはビジネスモデルを提供しただけで経営者というわけではないらしく、社長はまた別にいて、今回はその社長からの呼び出しがあったという経緯だ。

なんだ、この人たちしっかり堅気の人だったんだね。誤解しちゃって申し訳ないな。

怖いおじさんは私の視線に気が付いたのか、私の方を向くと慇懃《いんぎん》に頭を下げる。

「重ねてお詫《わ》び申し上げます。九頭竜様とご懇意にされていらっしゃる美地原さんを怖い目に遭わせてしまいまして、誠に申し訳ありません。今度出来る新しいデリヘルのための女だと勘違いしてしまいました。この謝意を、指を詰めて御覧に入れます」

なんだ、しっかりヤのつく人たちだったんだね。

その事実に私は全身から冷汗が止まらなくなってしまった。平然とした態度をとっているが、心の中はバクバクと心臓が超高速で動いているし、唇の震えが止まらない。

私はすがるように隣にいる九頭竜くんの方を見た。

というかビジネスモデルを提供しているとか言ってたけど、もしかして九頭竜くんって、やばい仕事をしている人なの……？

この場において最も信頼している相手が実は敵だった――なんて漫画では使い古されたありきたりな設定だが、いざ現実になると、とても笑えない。

そんな私の不安を悟ったのか、九頭竜くんはヤのおっさんを睨《にら》みつけると、

「指を詰めるシーンなんて気持ち悪いから全く見たくないわ。それに、風俗の斡旋業《あっせんぎょう》なんてこすい仕事、俺がしたことあるか？」

「申し訳ありません！」

九頭竜くんが怪しげな仕事をしていないことに安堵《あんど》すべきか、こんな怖いおじさん相手に威圧しているところを恐れるべきか。

それでも虎の威を借る狐《きつね》、くずの威を借る女神となるため、私は九頭竜くんへの距離をお尻一個分詰めると、こっそり九頭竜くんの服の裾をしっかり摑《つか》んだ。

九頭竜くんはそれを気にすることなく、会話を続ける。

「それにしても連絡せずに来るなよ。連絡くれればこっちから行ったよ」

「それは坊ちゃま……いえボスが、きっと妹君とのやり取りでスマホを使っているから、こちらからの連絡が届きにくいだろう、とご判断されまして」

「……ふん」

九頭竜くんは図星をつかれたことが気恥ずかしいのか、少し拗《す》ねたように顔を背けた。

その時に、私の手が九頭竜くんの服の裾から外れてしまった。

もう一度握りに行くのは恥ずかしい……。そう思って手を引っ込めようとしたところ、そのことに気が付いた九頭竜くんが私の手をぎゅっと握ってくれた。

「……なっ！」

セ、セクハラ！　セクハラよ！　セクハラ！　この色情魔！

私は急いで手を振りほどこうとするが、ぎっちりと握られていて離れられない。

……さっきまでの緊張でリアルに手汗がやばくて割とマジで恥ずかしい死にたい。

私が手をほどこうと悪戦苦闘していると、九頭竜くんがニコリともせず窓の外を眺めながら言った。

「気にするな。こんな奴《やつ》らに追いかけ回されたら怖かっただろう？　真白もこうして手を握ってあげるとすぐに落ち着くんだ。だから、お前も気にすることはない」

「…………」

私は手を振りほどくのを諦め、脱力する。

……また妹と同じ扱いですか？　くずシスコン。

私はお姫様扱いされたり女神扱いされたりすることには慣れている。でも妹扱いは流石《さすが》にない。

頼れる男ぶって手を握ろうとしたり、抱きしめようとしてきたゴミはいた。

でもそういう男は顔面から性欲が滲《にじ》み出ていたから一瞬でわかる。

……でもこの男、この私相手に完全に保護対象へ向ける顔をしていますねこれ。

完全に女として見ていませんね。

いや、待てよ。こいつは超大学級のシスコンだった。ということは妹が恋愛対象に入る場合もあり得るのか。そしたら、私も恋愛対象に入るってこと？

……いや、そうじゃねーよ。何ちょっとほっとしちゃってるの？

実の妹を恋愛対象に入れている時点で、この男はどう考えてもこっちが論外だよ。

「――なあ……なあって！」

「っっはい⁉」

「……大丈夫か？　体調でも悪いのか？」

「う、うん……大丈夫っス……」

やばいやばい。完全に自分の世界に入っていて気が付かなかった。九頭竜くんが私のことを心配するような目で見つめてくる。

おいおい、やっぱりイケメンだなこいつ。この心配してる顔マジ堪《たま》らないな。

喋《しゃべ》らなければ完璧な彼氏なんだが――声帯切っちゃう？

「美地原、今のうちにお前に言っておきたいことがあるんだ」

ぼーっとくだらないことを考えていると、九頭竜くんが手を握ったまま唐突に言う。

言っておきたいこと……。

私が可愛《かわい》くて堪らないってことかな？　流石にそれは知っているんだけど。

なんて心の中でふざけている理由は、実はドキドキしてて余裕がないからだ。こんなふうにもったいぶられると、女の子というものは皆ドキドキしちゃう生き物なんだぞ。

告白とかでもとりあえず、伝えたいことがあるんだ、とか言って期待させるといいぞ！

その古典的な策略にまんまと引っかかっている私は、またも心臓をバクバクさせていた。

そろそろ血管ちぎれちゃうよぉ……。

九頭竜くんが何を言うのか、その言葉を待ち遠しくしているわけじゃないんだけど……。

じっと彼の唇を見つめ、どんな言葉が飛び出してくるのかを観察する。

そして九頭竜くんは、その形の整った唇をキスする時の形に変えると――

「すまんな。シェイクのカスタマイズ代、まだ貰《もら》ってなかった。精算しようぜ」

完全防音の車内に、甲高い耳障《みみざわ》りの良い音が響きわたった。

＊

「いてて……。確かにタイミングが違ったな……うん。美地原のことを信じていないみたいで申し訳なかった。また違う時にしよう」

左頬を赤くして見当違いなことを反省しているくず男のことはもう放っておこう。

車を降りた私たちは薄暗い地下を歩いていた。車は華やかなのに止まった地下駐車場はとても暗くて、そのギャップが一層の不気味さを醸《かも》し出していた。

私は握っている手を再度強く握りしめると、彼もそれに応えてくれる。緊張と怖さでガチガチになっている私の心が少し緩んだ。

九頭竜くんはそんな私に気が付いているのかいないのか、平然と話す。

「そういえば、今回は何の用で呼んだんだ？　俺らはデート中だったんだけどな」

「ボスは面白いものを見せたい。生モノだから早く呼んでくれと仰《おっしゃ》っていました」

「……ふーん」

生モノ……まぐろの解体ショー？

などと妄想をしてみたが、怖いおじさん×人気《ひとけ》のない場所×あからさまなフラグ乱立ときたらどう考えてもヤバいやつだとどんなバカでも気が付く。

嫌な予感を胸に、私は九頭竜くんと手を繋《つな》ぎながらおじさんたちに連れられる。

そして重厚な扉の前に立つと、おじさん三人は私たちに深くお辞儀をし、扉の近くにそれぞれ立った。

……この人たちは見張りってこと？

「美地原、準備はいいか？」

九頭竜くんがそう問いかける。私は苦笑いをしながら、

「……じゅ、準備が必要……なの？」

「……まあ」

えへへへへ……。やっぱグロ光景が広がってるんだぁ……。

やだよやだよ逃げたいよ怖いよ入りたくないよ……。

でも、ここでおじさんたちと一緒に待つのも嫌だしなぁ……。

私は数回深呼吸をし、お守り代わりにずっと抱きしめていた、大切な白いバッグをもう一度抱きしめる。

心の準備が出来ると、もう一度ぎゅっと手を強く握り、九頭竜くんを感じる。


「……か、かかってこいや！」


私は震えて裏返った声で言う。強がっている私を微笑《ほほえ》ましそうに見ると、九頭竜くんも手をしっかりと握り返してくれた。

「……やっぱお前、真白に似てるよ」

ラブコメ脳のみなさん。これは完全なるデレ発言です。わかりますかね？

九頭竜くんはゆっくりと一歩を踏み出すと、重厚な扉を四回、何故《なぜ》か四回ノックする。

するると、差し油が長い間されていないであろう錆《さ》びきった扉がゆっくりと、不快な音を立てて開いていく。

扉の向こうには、この場所には似つかわしくない地味なメガネ男が立っていた。

「よう。いきなり告知なく二人きりにしてしまって悪かったな、竜」

京極道一が嬉《うれ》しそうな笑みを浮かべて、私たちに向けてひらひらと手を振っていた。

＊

「どうだったよ。デート楽しかったか？」

「まあ、悪くはなかったな」

「へー、七海《ななみ》の言っていた通り、やっぱり二人の相性は良かったみたいだな」

「そうか？」

「そりゃそうだろ。竜が真白ちゃん以外の女と手を繋いでいるなんて、実際に見なきゃ絶対に信じられないね」

流石に、知り合いに手を繋いでいるのを見られながら歩けるほど肝は据わっていないので、今は手を離している。二人が仲良さそうに並んで話しながら歩いているのに私がとこについていくという感じだ。

……もう何となく予想はつくけど、一応聞いておく。

「ねえ、京極くん」

「ん？　……ああ、そういえば家の奴らが怖がらせてしまったみたいだな。悪い悪い。やっぱり七海に行ってもらえばよかったかな」

……もう何も聞かなくても、この答えだけで分かってしまった。

つまり……そういうことでしょ？

京極くんは、私の微妙な反応に苦笑いをすると、改めて自己紹介をしてくれた。

「俺は京極　道一。京極一家の跡取りだ。世間一般的に言うなら、極道ってやつだな」

そして、と京極くんは続けると、九頭竜くんの肩に腕を回し、

「同時にこいつと一緒に会社を起こして、そこで代表取締役《だいひょうとりしまりやく》もやっている。ちなみにここにいる竜にはスペシャルアドバイザーとして俺とタッグを組んでもらってるんだ」

「俺は一度創った会社には興味がないんだ。もういい加減、お前だけでやれよな」

「そう言うなよ、親友」

二人は仲良さそうにじゃれ合っている。九頭竜くんが『天才』というのは何となくわかっていたけど、まさか京極くんまでそっち側だったなんて……。

というか、チームBしかり私しかり、この地味男くんがここまで高スペックな男だなんて、全く気が付かなかった。ハカさんも全くそんなこと言わないし。

……まあ、ヤのつく仕事もやっているからか。

私が一人で勝手に納得していると、少し焦《じ》れたように九頭竜くんが京極くんに聞く。

「それで？　デートを中断させてまで、わざわざこんなところに連れてきたんだ。本当に面白いものなんだろうな？」

京極くんはその言葉に軽く微笑むと、私たちをもう一つ向こうの部屋へと案内した。

ど、どうしよう……。さっきまでヒョロ陰キャだと思っていたのに急にこの人めっちゃ怖い。人畜無害そうな微笑みがめちゃめちゃ怖い。

一気に人畜有害——人畜災害なレベルの笑顔に見えてきた……。

でも、今までの京極くんとハカさんのことを思い出すと、そんなに心配する必要なんてないのかもしれない。確かにそういう家だというのは事実だし、十分怖いと思う。

だけど、九頭竜くんと親友で、あの温厚で天然なハカさんと付き合っているってことを考慮すれば、漫画の世界みたいなR－18G的瞬間はないはず……！


そうだよ、そうに決まっている！

じゃあ面白いものって、最初に予想していた通り、本当にマグロの解体ショーだったりしちゃって――


「助けてください許してくださぃ何でもしますお願いします！」

「誰かぁー！　誰かぁー！　俺はここにいます！　誰かぁ！」

「……お前まじでうっさい」

「熱い熱い熱いィー！」


そこには火がついた煙草《たばこ》の先を、全裸の男の額に押し付けている女がいた。

――ハカさんでした。友達になりたいなと思っていた人だった。


彼女は私に気が付くと、顔だけ見ると純粋でとても可愛《かわい》らしい娘《こ》だなと思えるほど、朗らかな笑顔で叫んだ。

「あー！　竜くんと三姫ちゃんだー！　二人で仲良くデートしてたねっ！　私とカズくんも、実はこっそり見てたんだよー！」

ハカさんは笑顔で私たちに呼びかけながら、新しい煙草を口にくわえていた。横にいる、おそらくヤのつく人に、煙草を突き出すことで火を要求するあの人はきっといつもの彼女とは別人格だろう。私は死んだ目で灰色の空を見つめていた。

わー、知らない天井だー。


「七海、煙草はやめろ」

するとその様子を見ていた京極くんがたしなめるようにハカさんに言う。その言葉に、ハカさんは少し慌てた素振りを見せながら、申し訳なさそうに言う。

「あ、ごめん……。竜くんの家は煙草ダメだもんね」

話を振られた九頭竜くんも、まるで見慣れた光景であるかのように返す。

「悪いな。真白がどうしても煙草の煙が嫌いで、煙草の匂いがつくだけでうるさいんだ」

「ははは。私もよく臭いから近づかないでって言われるよー」

「痛いィィー！」

ハカさんは笑顔で談笑をしながら、火をつけてしまった煙草を先ほどと同じ男の首に押

し付けた。うん、京極くんはヤクザだし、ハカさんはヤクザの女だったよ。

「面白いものってこれのことか？」

話を切り替えるように九頭竜くんが京極くんに聞く。

「おう。さっき一緒に来てもらった」

根性焼きをするために拉致って……。なんて酷《ひど》いことを……。というか、私父親以外の男性の裸、モザイクなしで見るの初めてなんですけど。

嘘《うそ》でしょ……。私の『初めて』の中でも上位に入る『異性の裸』という項目が、まさかこんな名も知らない男たちで済まされてしまうなんて……あれ？

「で、誰なんだこいつらは？」

「あれ？　竜たちに迷惑をかけてそうだから連れてきたんだけど……人違いだったか？」

九頭竜くんはピンときていないようだが、私はあの情けない顔を見て思い出した。

「ポチ？」

『え？』

九頭竜くんとハカさんと京極くんの声が被《かぶ》った。……あれ、違ったかな？

「こほん……。さっき私たちに絡《から》んできた自称YouTuberだよね？」

「お……おう。そうだな。名前は『BaN』らしいが」

ああ、そうだったそうだった。……って、

「え……？　……連れてきちゃったの？」

私はごく自然な疑問を持ってしまう。その疑問に答えてくれたのはハカさんだった。

「だってこの人たち、竜くんと三姫ちゃんに復讐《ふくしゅう》するつもりだったからねー。竜くんガチ勢のカズくんと三姫ちゃんガチ勢の私からすればこんな害虫放っておけないよー」

はははーと笑いながら言う。……こいつ、私ガチ勢なんか……？

やばい、何一つ嬉しくない。

マウント取ったら物理的にマウント取って攻撃してきそう。

「お前ら覚えておけよ！　俺にこんなことをして！　ただですむごほっ！」

自称YouTuberが両の手を後ろに縛られたまま叫ぶ。

しかし、叫ぶ途中でハカさんの鋭い蹴りが顔面に入って言葉は途切れた。

靴が汚れたと感じたのか、チラリと後ろにいる先ほど火をつけてくれた男の方を見ると、ヤがつくであろう男は、ポケットからハンカチを取り出してハカさんの靴を丁寧に拭きだした。

怖い。何が怖いってその現場を見ても全く動じない隣の男二人が怖い。どれだけ日常的にこんなことが行われているの……?

九頭竜くんは何一つ興味を持っていない表情で京極くんの方を向くと、

「と、こいつは言っていますが?」

「心配すんな。地面に埋まれば声なんて誰にも聞こえやしねーよ」

笑顔で恐ろしいことを言う京極くんに、囚《とら》われの全裸男二人は青い顔をする。

私はもう、何も見ないことにした。私は今日、九頭竜くんとデートに行って、白いバッグを買ってもらって、シェイクを飲みながら、仲良くお喋《しゃべ》りして帰った。

うん、この記憶でいこう。その後のことは記憶から消そう。記録からも消してくれそうだし。そこでふと、消せない記録のことを思い出した。

「あ、あの……」

「どうした?」

「この人たちの他にも、スマホで撮影しているギャラリーが何人かいたんだけど……」

二十人ほどは少なくともいたはずだ。もうある程度覚悟しているし、流出しても、私はそこまで気にするってわけじゃないんだけど……。

「心配するな。その場で撮影していた連中には全員『お願い』しといた。まあ、『お願い』を聞いてくれなかった奴《やつ》については俺から言うことはないが……。とにかく、心配することはない。お前らに不都合なことは何一つとして起きないよ」

「へ、へえ……すごーい……」

私はひきつった顔で何とかそう返した。

京極くんは私のそんな様子を気にすることなく誇らしげに言う。

「当たり前だろ。他ならぬ竜のためだからな」

私が死んだ目で引き笑いをしていると、京極くんは瞳孔が開ききった危ない目で話しかけてきた。

「……安心しろよ。お前がうっかり今日のこと、それから俺の家のことについて口を滑らせなければ、万事上手《うま》く終われるんだからな」

……泣きそう、吐きそう、漏らしそう。

震える私に根拠のないフォローが入る。

「大丈夫だよー。三姫ちゃんなら大丈夫」

「ああ、俺もそう思う」

その言葉を受け、訝《いぶか》しむように京極くんはこちらを見る。

う——……怖いよ……。だが考えてみろ。私は女神だ。この世の『奇跡』だ。

こんな反社会的勢力に気後れする必要なんてどこにもない。

なるべく九頭竜くんの側にいれば全部解決だ。何を怖がっていたんだ私は。

そう考えると気が楽になってきた。

私は九頭竜くんを押しのけ、一歩前に出て京極くんにはっきりと言い放つ。

「ええ。私にとっては今日のことなんて少し経《た》てば忘れてしまう、取るに足らない些事《さじ》にすぎないわ。それにあなたの家のことだけど。ただ生まれが少々特殊なだけだもの。気にすることはないわ。そんなことを言ったら、私は生まれた時点で世界でも有数の特殊——『奇跡』のような存在だしね」

私の威勢のいい啖呵《たんか》を聞いて、九頭竜くんは口笛を、ハカさんは拍手をそれぞれ送ってくれる。これで、十分私の格は保つことが出来たでしょう。

私は一回深く呼吸をすると、ぼそりと京極くんにだけ聞こえる小さな声で言う。

「なのでお仲間の人に、私にだけは絶対に危害を加えないようちゃんと言っといてね」

京極くんはそれを聞くと、にこっと笑って私の側に近寄る。そして耳元で、私にだけ聞こえるような声で囁《ささや》いた。

「安心しろ。お前が竜を裏切らない限り、お前を害する奴はいない。だから、安心していい。今のお前は、世界一安全な状態だ」

ただな、と京極くんは付け加える。

「お前が竜を裏切った場合……必ず、生まれてきたことを後悔させてやる」

それだけ伝えると、京極くんは私から離れていった。そして九頭竜くんに何かを話すと、そのまま二人でこの部屋から出ていってしまう。

「ちょ、九頭竜くん⁉　何であなたも付いていっちゃうのよ！　あなたは私の側にいてよ！　あなたがいないと誰が私のことを守ってくれるの！　ねえ！」

嘘でしょ⁉　あのくず男、今この世で一番大切な存在である、大事なデート相手を置いてどこか行ったの？　こんな野獣の巣窟《そうくつ》に？　無理無理無理無理！　早く戻ってきてよ！

私が軽いパニック状態になってあわあわしていると、そんな私を安心させるように、優しくぽんっと肩を叩《たた》かれた。

「やあやあやあ。安心したまえ。三姫ちゃんガチ勢たるこのわたーしがここにいるぜ?」

そこには可愛《かわい》い顔で人を嬲《なぶ》る、悪魔がいた。

*

「竜くんに買ってもらったそのバッグ、めちゃめちゃ可愛いね!」

「そ、そうかしら……?　まあ、私も気に入ってるけど」

「可愛いー!　持ち主も可愛いからもっと可愛く感じるー!」

「ふふふ!　そうね。このバッグも私という存在に出会えて幸せでしょうね」

私たちは屋外にある少し廃れたベンチに座っていた。どうやら車で連れてこられた場所はどこかの廃ホテルのようで、ここはその中庭のような所らしい。

元々が豪華な内装なこともあって、寂れると凄《すご》く雰囲気が出ていて恐ろしい。

こうして外に腰を据えて話す場所があったのはラッキーだった。

……まあ、全裸の男たちの断末魔の声が聞こえるところで、何かを話す気もしないし……。

さっきのシーンのせいでハカさんに気後れしている部分はあったものの、別にいつも通りのキャラだったこともあり、彼女とはごくごく自然に会話は出来ている。

ただ……この娘《こ》に何かしたらすぐにあの怖いおじさんたちが出てくると思うと、薄氷の上をスキップしているようなギリギリの気分なんだけども……。

「実はね、竜くんって自分で大金を稼いでいること、周囲の人には絶対内緒にしてるんだよ。それに、お小遣いも真白ちゃん――妹ちゃんに管理されているから、いつもめっちゃケチなの。なのに、そんな大きな買い物をするなんて正直死ぬほど驚いたなー……」

「……ふーん。そうなんだー」

私は平然を装《よそお》った態度を取っているが、心の中で思いっきりガッツポーズをした。

どうやらあの男、私を本気で意識しているみたい。そりゃあそうよ。私相手に特別扱いしないわけがない。特別ではなく格別に扱ってもらわないと。

もう！　もっと恩着せがましくしてくれていたら、お値段分のご褒美《ほうび》なら何でもしてあげるのに！

私がハカさんに気づかれないように心の中で超ご機嫌になっていると、ハカさんが誇らしげに私に向かって言った。

「やっぱり私の見る目は正しかったね！」

「見る目？」

「そう！　竜くんと三姫ちゃんが絶対に相性抜群だって話！」

「……ふーん……」

「あり？　ピンとこない？」

私はその話を聞き、複雑な気持ちになった。

相性抜群だと思った理由なんてどうせこのことでしょ。

「私が彼の妹さんに似ているからでしょ」

ハカさんは、そうそう、と思いきり何度も首を縦に振る。それってことはつまり――

「……悪口じゃん」

「違うよぉ！」

心外とばかりにハカさんは強く否定する。でも私の思いは変わらない。だって直接話しちゃったもん。あんなヤバい奴と似ているなんて、悪口以外の何物でもない。

「こほん。……三姫ちゃん、いいですか？」

ハカさんは改まって私の方を向く。私は首で続きを促すと、

「確かに竜くんの妹、真白ちゃんは中々性格に癖がある人物です。顔は可愛い、頭はいい、スタイルは将来に期待、家事も抜群にできて、Ｅｘｃｅｌも私より使える。そんな素晴らしいところを全て台無しにしてしまうレベルの危うさと怖さとキモさがあります」

でもね、とハカさんは続ける。

「それは全て純粋な愛ゆえなんです。深くて重い愛が彼女を縛っているのです。決して、彼女本来の性格自体が終わっているわけではない。愛に誰よりも素直に、真正面から向き合っている結果、あんなモンスターが生まれてしまっただけなのです！」

話し方と勢いでごまかしているが、結局は『構ってちゃんのメンヘラ女』ということがわかりました。というか再確認しました。

それに、ここには重大な問題が一つありますよね。

「でも、好きになった相手は？」

「実の兄なのです」

ハカさんは完璧な反応速度で答える。まるで往年のコンビのようだ。

「なんっも！　裏話もなく、ただただガチの血の繋《つな》がりがあるんです。実は本当の兄妹《きょうだい》じゃなかったー、なんていうのは二次元だけなのです。バリバリに血の繋がった兄を、ただただ純粋に愛したキモ……こほん、新時代の妹なのです」

気持ち悪いって言いたくなる気持ちも、それを隠したくなる気持ちも正直わかる。

「……兄をガチで愛する妹なんて、現実世界にいるんだね」

「まあ愛情表現のやり方は置いといて。こういう状況になったのは全部竜くんが悪いから、竜くんには何一つ同情もしないし、なんなら真白ちゃんの方に同情しちゃうけどね」

「え？」

あれ？　あの男をかばう気なんて毛頭ないけども……。今の話的には、というよりもさっきの電話とかライン的には彼は被害者だと考えていたけど……。

「だって竜くんが『天才』じゃなかったら、あんな苦しい恋なんてしなくて済んだのに」

「……私は一人っ子だからよくわからないけど、お兄ちゃんが『天才』だったら、普通の妹なら嬉《うれ》しいと感じるものなんじゃないの？」

「考えてみて」

ハカさんの目から冗談の色が消えた。私は一瞬たじろぎ、唾を飲み込んで続きを待つ。

「三姫ちゃんは今までの人生、それだけ可愛ければ辛《つら》いこと、苦しいことが沢山あったよね？　そういう時に、どれだけ辛くても、どんなに苦しくとも、どんな状況でも必ず自分のことを『完璧に』助けてくれるヒーローがいたら、なんて素晴らしいものなんだろうと思わない？」

「……まあそれは」

そんな夢物語を考えたことはある。周囲全てに絶望し、全てが嫌になった時、こんな私を颯爽《さっそう》と助けてくれる王子様の存在を妄想していた時はある。

でも、現実にそんな人はいない。

私は妥協と我慢を繰り返しながら、じりじりと自分の及第点を見つけていった。

「でもね、そんなヒーローが現実にいたら、人は成長できないの。だってその人がいれば、自分はどんな辛いことからも解放されるんだよ。我慢する必要なんて、大人になる必要なんて何もない。子供のまま、純粋に、何も変わることなくわがままを言って、体だけが大きくなる。そうするとね、今度は気が付くの。気が付いてはいけないことに――この人がいなくなったら私は終わりだ。この人が私の全てなんだ……ってね」

何それ……物言いが怖すぎるんだよなあ……。……大袈裟《おおげさ》っていうか――

「今、大袈裟って思った？」

「ごほっ！　げほ！」

「大袈裟なんかじゃないんだよな……」

思わず咳《せ》き込む私に対して、ハカさんは遠い目をして呟《つぶや》いた。ハカさんが物思いに耽《ふけ》ってしまったため、私は考えなしに直感的に思ったことを聞いてみた。

「……ハカさんってもしかして、九頭竜くんのこと嫌い？」


ハカさんは今まで見たこともないくらい驚いた顔をすると、噴き出して大笑いした。

「ぷっ……あはははっ！　そんな直球で聞く？　あはははっ！」

何が琴線に触れたのかは謎だが、ハカさんはお腹《なか》を抱えて大笑いをし、ついには笑いすぎてうずくまってしまった。……そんな面白いこと言ったかな？

ハカさんは無理やり笑いを鎮《しず》めると、笑いすぎで痛めたお腹をさすりつつ立ち上がる。

「ひひひ……。あー、ぽんぽいたい。ふう……」

「それで、実際のところどうなの？」

今度は笑い転げずに、少し迷った素振りを見せながら、言葉を選ぶように言った。

「うーん……嫌いではないよ。うん。友達ではあるし、尊敬もしている。でも、絶対に、何があったとしても、どんな時でも竜くんに頼ったりはしないって決めてるかな」

「……な、なんで？」

「怖いもん」

「へ？」

怖い？　あの人が？

私が不思議そうな顔をしていると、ハカさんは付け足してくれた。

「三姫ちゃんはまだ出会ったばかりだからわからないかもしれないけど、竜くんって本当に『天才』なの。本当に何でも出来てしまうの。本当に。望めば何でも叶《かな》えてくれる、リアルに神様のような存在なの。だから一度頼ったら、もう抜け出せない」

話している内容は完全に九頭竜くんを褒めているが、表情にポジティブな感情はない。

「でも、普通は悩んで苦しんでもがいて、その末に何かを手に入れるものじゃない？　でも、竜くんにはそれがわからない。努力した経験がない。苦労した思い出がない。だから人の気持ちも、本当の意味では何一つわかっていない。今日だって、別にカズくんがあのＹｏｕＴｕｂｅｒを放置したとしても、三姫ちゃんに何一つ迷惑をかけない、より完璧な形で簡単に解決していたはずだよ」

「……流石《さすが》に、それはオーバーなんじゃ……」

「全然オーバーじゃない」

ハカさんは断言した。その目には、否定は一切許さないという強い意思を感じた。

「今だって童貞で悩んでいるなんて言ってるけど、正直いくらでもヤル気になれば出来るって、今日一日、一緒にデートをした三姫《みき》ちゃんならわかるよね？」

……やっぱり童貞なんだ。どうしよう、聞いちゃいけないことを聞いてしまった感じだけど、この雰囲気でそこに突っ込むのは、流石に空気が読めていない気がする……。

「真白ちゃんは可哀《かわい》そうだよ。ずっと不安なんだもん。大好きな人は少しでも本気を出したらすぐ目の前から消えてしまう。少しでも長くいてもらうために、ずっとずっと考えて苦しんで、兄以外の全てを犠牲にして、あらゆる手段を用いて兄を自分に縛り付けようとして。それでも兄妹だからたとえ恋が成就《じょうじゅ》したとしても、決して幸せにはなれないんだよ」

カズ君だってそう、とハカさんは続ける。

「中学生で初めて会った時にはさ、今以上に竜くんに依存していて。竜くんに嫌われたくない、傍《そば》にいたい、恩に報いたいって言ってさ。今とは比較できないほど、完全にアウトなレベルの暴走をしていたんだからね？」

中学生という分別のつかない時期。その中で、圧倒的な力を持つ実家があれば、それを活用してどうにかしようと思ってもおかしくはない。ハカさんは何かを思い出したのか、悲しそうで、辛そうで、それでいて——幸せそうな表情で続ける。

「そんな竜くん一筋！　っていう厄介なオタク状態から私に夢中にさせるのには苦労したよ。何度か本気でキレられたし。命の危険も感じたしね……。ま、今日のカズくんの暴走を見ればわかると思うけど、カズくんの愛情は私と竜くんでよくて五分、悪くて四対六の比率で分配されているから、完全に夢中にさせられたというわけじゃないんだけどね」

ケラケラと笑いながら自嘲する。

今の話を聞いて、何だか納得するものがあった。ハカさんは自分の彼氏を周囲にバカにされても、完全に下に見られてもへらへらして全く気にしていない様子だった。

その様子に私も軽蔑したものだ。

誰だってあんな下の下の連中に大切なものをバカにされたらイライラするし、好きな人をバカにされたら声を荒らげてもおかしくない。

——でもわかった。この人は、本当に自分の彼氏にしか一切興味がないんだ。

京極くんが好きで好きで好きで大好きで。どうしてもその愛を独占したくて色々苦労しているから、周囲のことなんてどうでもいい。そんなノイズなんて何一つ苦痛に感じない。だから何を言われても気にならない。

——本当に、カッコいい生き方をしているな。……羨ましい。

同時に、気づきたくないことにも気づいてしまったけど……。

「じゃあ、最初から私に好意的にきてくれていたのって、私を九頭竜くんと付き合わせることで少しでも京極くんの依存先を自分に向けようっていう裏があったのね」

「えへへー、バレた？」

全く悪びれもせず、へらへらと笑いながらそんなことを言う。普通だったら激昂《げきこう》してもおかしくないのかもしれないけど……。

私はこういう人、凄《すご》く好きだな。

「でもお似合いだと思ったのは本当だよ？　三姫ちゃんは私なんかよりも真白ちゃんと仲良くなれると思うし、それに竜くんと同じ目線に立ってくれると思ったからね。三姫ちゃんぐらいの『天才』なら、『天才』同士お互いにわかり合えるんじゃないかなって！」

……『天才』、ね。

「まあ、機会があれば九頭竜くんとのお付き合いを前向きに検討させていただきます」

「ははは━。それ絶対断るやつじゃん！」

私たちはお互いに笑い合う。私はハカさんのことを何にもわかっていなかった。

もちろん、今でも十分にわかり合えたかと言われれば、それは当然ノーだけど。

でも、もっと知りたいと思ったのは、この人が『初めて』かも……なんてね。

「なんだか、ハカさんとなら友達になってあげてもいいかもって思えてきた」

「本当？　じゃあ私のことを七海《ななみ》って名前で呼んでよ！」

私は何の屈託もない最高の笑顔で言った。

「機会があれば前向きに検討させていただきます」

【ビッチとぼっち　デスマッチ――くずは観戦】

――くずside――


時刻は十七時三十分。

俺――九頭竜王子は、美地原《みちはら》三姫と共に黒塗りのリムジンで自分の家へ向かっていた。

今日の門限はいつもよりも一時間早い十八時。それに加え、今日は真白とほとんど連絡を取っていない。連絡するのを忘れて以降、怖くなってしまったからだ。

一応『今から帰ります』ラインは送っているのだが、返事の通知が永遠に届き、俺の全身を物理的にも心理的にもプルプルと震わせてくる。

それもこれも、カズがいつまでも俺をあの廃ホテルに留《とど》めておくのが悪い。

なにが「山と海、どっちに行きたい？」だ。カズにせよ、あいつの家の連中にせよ、言うことが物騒なんだよな。俺はスマートタイプの人間なんだぞ。

それにしても――隣でご機嫌に窓の外の景色を見ているビッチ女を見る。廃ホテルに向かうまでの間は、あんなにもプルプル震えて、俺の手を握っていたというのに……。

俺とカズが軽く話をしている間にこいつと七海が仲良くなっているのには驚いた。

正直、真白と似ているこいつは、七海とは相性が悪いと思っていたからな。

あの状態の七海を見て仲良くなれるだなんて、大した女だ。


そんなことを思っていると、見覚えのある道路が現れた。

ああ……やだな、怖いな……。真白さん怖い……。

どうしよう。全身の震えが止まらない。

少しでも大惨事を回避しようと、カズと七海に泊まらないかと誘ったが、断られた。

二人から、【真白　９９９】というラインの画面を無言で見させられたら、これ以上何も頼めない……。俺の妹が迷惑をかけてすみません……。


そういうわけで、俺は美地原をこいつの家の近くまで送り届けた後、一人戦いの場へ赴かなくてはならなかったわけなのだが――


「私、今日あなたの家に泊まるね」

と、何故《なぜ》かいきなり訳のわからないことを言い出したのだ。

おいおい、まだコンドームの準備が出来ていないんだが……と思い、カズの家の奴《やつ》らに買ってきてもらおうと考えたが、七海に先回りされた。

「真白ちゃんのいる所でそういうことしたら流石に軽蔑するよ」

その目はマジだった。如何《いか》なる冗談もネタも通じない、ガチの目をしていた。

もしこれに逆らったら、煙草《たばこ》でち○こを焼き焦がすぞ、という強い意思を感じた。

覚醒の時を待っている我が最強の矛を、まさかこんな些事《さじ》で——しかも煙草の火で——失《な》くすわけにはいかない。

俺は真白のいるところで、絶対にいかがわしい行為をしないと心に決めたのである。

「なあ、本当にうちに来るのか？　絶対ろくなことにならないからやめた方がいいぞ」

俺の忠告に対し、窓の外を鼻歌交じりに眺めていた美地原はその無駄に上手《うま》いオリジナルの鼻歌を止めると、むっとした顔でこちらを見た。

「……しつこい。私が泊まってあげるって言ってるんだから、あなたは有難《ありがた》く、その『奇跡』を享受してればいいの」

こいつ……。ついさっきまでビクビクしていたくせに偉そうに。

「それに、妹さんとあなたを仲介してあげるって言ってるじゃない」

「その件につきましては本当に感謝しかないです。何卒《なにとぞ》どうかよろしくお願いします」

「よろしい。あ、これさっきのカスタマイズ代金と差し引きしてあげるから」

「ははー！」

俺ですら忘れていたカスタマイズ代金のこともきっちり覚えていたとは。こいつも意外と金にうるさい奴なのか？　それとも真白の言っていた通り、割り勘をしたから誠実な男であることがアピールできたってことか？

どちらにせよ、真白様へのご機嫌取りはビッチ……いや、美地原様にお願いするしかない。頼む……どうかもう一度、朝日を拝めますように！

俺が天に祈っていると、美地原がどうでもよさそうに聞いてきた。

「妹さんとは仲良いみたいね。昔からなの？」

「そうだな……。一時期めちゃめちゃ嫌われていた時はあったかな。でも気が付いたら今のような感じになったか。あそこまで過激になったのは俺が大学に入ってからだが」

「ふーん……」

「なんでだ？」

「別に」

なんだよ……。俺は美地原の質問の意図が全くわからず、かといって追及するほどその理由に興味があったわけではないため、そこで黙った。また車に沈黙の空気が流れる。

美地原は窓の外の景色を、異常に上手いオリジナルの鼻歌と共に眺めるのを再開する。


決戦の地まで、あと五分！

＊

「本当にすみませんでしたー！」

俺は靴も脱がずに玄関の冷たい三和土《たたき》に額をこすりつけていた。

喉を嗄《か》らし、汗を噴き出しながら懸命に謝罪の言葉を叫ぶ。その様子を見ても美地原は何も動じず、欠伸《あくび》をしているのが見なくてもわかる。

何しに来たの？　こいつ。

しかし、真白の瞳に光が灯《とも》ることはない。

真白は真っ暗な玄関で、何をどうしたのか、変形して形が元に戻らなくなってしまった愛用のぬいぐるみを右手に、左手には何に使うのかを想像したくもない長いロープを持ち、瞳孔をがん開きにした状態で座り込んでいた。

扉を開けたらこの状態の真白がおり、二人して思わず悲鳴を上げるほどホラーだった。

俺はすぐさま真白に土下座をしたが、真白は一瞥《いちべつ》だにしてくれない。ずっと虚空《こくう》を見つめたままだ。というかロープはまじで怖い。

俺は土下座の姿勢のまま器用に少しずつ真白に近づくと、左手のロープを奪い取った。

……ふう。とりあえずは安心……。そう思い真白の方を再度見てみると、黒い宝石のような瞳がこちらをばっちりと捉えていた。

「っっ！」

俺は声にならない叫びを上げ、後ろに頭から倒れ込んでしまう。

あ、パンツ見えた。ビッチなのに純白パンツ。しかし、パンツが見えたことに喜ぶ暇もない。真白はゆっくりと立ち上がると、のろのろと俺の方に近づいてくる。

美地原さん助けてください お願いします！

俺は一縷《いちる》の望みをかけ、パンツの上の美地原を見る。

美地原は、パンツが丸見えなことに気が付いたのか、俺の顔面にもろにキックを浴びせると、そのまま靴を脱いで家に上がってしまった。

……えー……何しにきたの？　あなた。

もうあんな奴のことを気にしている暇はない。

俺は覚悟を決め、もう一度真白に誠心誠意本気の謝罪をした。

「まってまって真白まって。すまんすまんすまん！　まじでごめん！　本当にお前をないがしろにする気はないんだ！　ごめんなさい！」

俺の渾身《こんしん》の謝罪に対しても何一つ表情を変えることなく近づいてくる。俺は仰向けの姿勢のまま、虫のように這《は》いずり回った。その結果また頭を打った。その痛みで動きが停止した瞬間、真白が俺に襲い掛かった！

二十一世紀最高の『天才』九頭竜王子、ここに死す。死因は最愛の妹。

俺は覚悟を決め、目を強くつぶる。

身構えた状態のまま待っているが、いつまで経《た》っても強い衝撃が来ない。

代わりに、嗅ぎなれた甘やかな匂いと柔らかなものが当たるのを感じ取る。

おそるおそる目を開けると、仰向けになっている俺に真白がぎゅっと抱き着いていた。

「……真白？」

「ばかぁ……お兄ちゃんのばかぁ……」

真白は震える涙声で言う。真白の顔がある俺の腹の所が、濡《ぬ》れる感覚がある。

そうか……俺は真白との用事を反故《ほご》にしてまで出かけたというのに、約束一つ守れず心配をかけちまったんだな……。それなのに、真白のことを怖がって……。

俺も思わず首を上げてしまう。そうしなければ、涙が出てしまいそうだったから。

涙を無理やり押し込み、ぐすぐすと泣く真白の頭を優しく撫《な》でてやる。

「ごめんな……」

「ばかぁ……！　ばかぁ……！　心配したんだからね……。時計も忘れちゃうし……」

「すまん……。でも時間なんてスマホで見られるし、時計なんて別になくても――」

「今そんな言い訳聞きたくない！」

声を荒らげる真白を、俺は頭を撫でている方とは反対の手で強く抱きしめる。

「すまん……」

「うぅぇえぇえん……うううぅぇえぇえん……」

「本当にすまん！　もう真白を傷つけることはしない！　約束を破ることもしない！」

「……本当？」

「ああ、約束だ。この約束だけは絶対に違《たが》えない」

「……じゃあ、次の連休に二人で旅行、行こ？」

「もちろんだ。連休じゃなくてもいいぞ。大学なんて、いくらでも休んでやるからな」

「……真白、旅行中にわがまま言ってもいい？」

「ああもちろんだ！　真白のわがままを叶《かな》えるためなら、俺は何でもするからな！」

「えへへへへ、お兄ちゃんだーい好き！」

「ああ、俺も真白のことが大好きだ！」

「ねえ、化粧落とし使ってもいい？」

美しい兄妹《きょうだい》愛を感じていた時に、空気も読まずアイスを食べながら会話に乱入してくる女がいた。――というかそれ、俺のアイスだね。

＊

「で、そこの痴女ビッチはなんの用ですか？　出口はあちらですよ」

「仕方がないじゃない。あなたのお兄さんに、家に泊まってくれって頼まれたんだから」

「いや言ってな――」

「ざけんなドビッチ。処女膜再生してから出直してこい」

「実の兄に欲情するほどモテない残念女は、処女膜破ってから出直してこい。あ、リコーダー貸してあげようか？」

「な、なあ……仲良くしてくれないか？」


玄関での死闘を終えた俺たちは、お腹《なか》がすいたから夜ご飯でも食べようという話になり、ピザを出前で頼むことにしたのだ。

泊めるか泊めないかは置いておいて、家にまで連れてきてしまったのだからご飯くらいは食べていけと美地原《みちはら》に言ったのだが……。この女、厚かましいことこの上ない。

俺のアイスを勝手に冷凍庫から取り出して食べたことから始まり（本人曰《いわ》く暑いから）、真白の化粧落としを使ってすっぴんになり、ピザの耳にはチーズを絶対に入れろと騒ぎ、俺のお古のTシャツとズボンを要求して着替えまでした。

アクセサリー系も既に全て外しており、完全に実家スタイルだ。

当然、そんな暴挙に我が家の守り神こと真白様はたいそうお怒りになっておられる。先ほどまでのメンタルはどこへやら、目を逆三角形にして怒り狂っておられる。

しかし、対する美地原さんも流石《さすが》は女に嫌われることに関してはプロ。そんな怒りもそよ風のように聞き流し、逆にカウンターを仕掛けるほどの余裕があります。

……実は美地原を家に連れてくるのを許可したのには、真白と会わせたかったっていう裏事情がある。友達が少ない真白と美地原が少しでも仲良くなってくれれば、それが何よりも俺のためになるんだが——

「へえー、いいですねー。自分の体を安売りすることで自己肯定感高められるほど単純な体と知能で。私は繊細だから、体を安売りすることには抵抗があるんですよ」

「へえー、いいよねー。家族にしか頼れる人がいないっていうそんな狭い世界で楽しく生きられるほど単純な精神で。私は繊細だからそんな窮屈な世界じゃ生きられないよ」

——どうやら、仲良くなんてのは無理な相談だったようです。

……この二人とそれなりに仲良く出来るって、七海《ななみ》は意外と凄《すご》いんじゃないのか？

意外なところでわかってしまった七海のコミュ力の高さに感心していると、美地原と真白の防御無視の口論合戦が続行される。

「ああ、家族としか交流のないぼっちだからそんなに貧相な体をしているんだね。もっと周囲の人と関わって自分を客観視した方がいいよー」

「ああ、不特定多数の男と交流しているビッチだからそんなに下品な体をしているんですね。もっと周囲の同性と関わって自分を客観視した方がいいですよー」

「大丈夫。同性とはしっかり関わっているから。私は愚かにも私に喧嘩《けんか》を売ってくる雑魚《ざこ》女を全員ノイローゼにすることを生涯の課題にしているの」

「私にそんなことしたら、『私』のお兄ちゃんが黙っていませんよ。私のためなら大統領だって暗殺してくれますもん」

「あら？　その程度なの？　それは残念でした。あなたのお兄ちゃんは『私』を守るためなら全世界を敵に回してくれるんだけど」

「そんなわけないだろくそビッチ！　お兄ちゃんは『私』だけの！　『私』のためだけのお兄ちゃんなんだから！　軽々しく私とお兄ちゃんの世界に入ってこようとするな！」

どうやら俺は、この二人のためなら世界的なテロリストにもなれるらしい。

そこは置いておいて、真白の激昂《げきこう》に対し美地原は少し呆《あき》れたようにため息をついてバカにしたように続けて言う。

「そんなにお兄ちゃんお兄ちゃんってばっかり言って、さぞや学校では窮屈な思いをしておられるんですね。大丈夫？　トイレでお昼食べてない？」

「……学校行ってないから別に大丈夫だし」

「へ？」

虚をつかれたような顔で、美地原が俺の方を見る。

「……ああ。真白は学校に行ってない。代わりに家のことをやってくれている」

そう、真白は年齢的には高校二年生だが、実際は休学——おそらくこのまま高校は卒業しないだろう、という状況にある。

真白はその優れた容姿と類いまれなる才能、そして完璧な兄という恵まれた環境にあった。両親と俺が甘やかしすぎたということもあり、昔から融通が利《き》かない節があった。

小学校、中学校ぐらいまでは、真白の我儘《わがまま》も通り、学校にも問題なく通っていた。しかし、高校になるとより過酷な女社会が待ち受けている。また、その見た目ゆえか、教師からも酷《ひど》いセクハラを受け（その教師については詳しくは言わないが、多分今は魚と一緒に泳いでいる）、完全に学校に行かなくなってしまったのだ。

「……ふーん。逃げたんだ」

「ちょっ！」

「逃げてない！」

美地原の容赦のない一言に俺は制止をかけようとしたが、それよりも先に、真白が涙を瞳に溜《た》めながらぷるぷると体を震わせ叫ぶ。

「逃げてない！　あんな学校、行く必要ない！　お兄ちゃんが行かなくていいって言った！　学校に行く必要のない環境をくれた！　お兄ちゃんがいれば私が頑張る必要なんてない！　何も出来ないくせに偉そうにしてる、お父さんとお母さんみたいなこと、お前が言うなよ！」

「おい、真白！」

真白は勢いのままテーブルを思い切り叩《たた》くと、そのまま自分の部屋に駆け込んでしまった。俺は当然、真白を慰めようとするためにその後を追いかけた——

ピンポーン。

——というタイミングで、インターホンが鳴る。

「とりあえずピザ受け取ってきたら？　私お腹空いたよ」

……お前は神か……？

*

「むふふ。やっぱりピザの耳といったらチーズ入りじゃないと話にならないよねー」

俺は届いたピザを目の前のビッチ女——美地原三姫《みき》と二人で食べていた。

ピザの支払いを終えた後、一緒に食べようと真白に声をかけたものの、残念ながら返事が返ってくることはなかった。

はあ……。本当、どうしたものかね……。

こんな状況を生みだした元凶を軽く睨《にら》みつけると、それに気が付いた美地原はむっとしながらも言う。

「なにさ、私の分のピザ代は先に支払っただろ」

それだけ言うと、また次の一切れに手を伸ばし、ニューンとチーズの伸び具合を満喫していた。確かに金は頂戴しましたよ。でも金よりうちの妹の方を優先して何とかしていただきたい。代金を返すよりも借りを返してほしいね。

正直、今の状態の真白を一瞬で元気にすることは出来る。

問題は——俺はタバスコをふんだんにふりかけ、味変を楽しんでいる女を見る。

問題は、この女がいると出来ないことだ。ピザだけ食ってさっさと帰ってくれればいいのだが、どうにも泊まる気満々らしい。さっき風呂《ふろ》場の方も確認していたし。

というか、男の前、特にこの俺様の前でよくもまあそんな色気のない格好が出来るな。

確かに真白が家にいる以上、何かが起きることは絶対にないと言い切れる。

でもな……。向こうが全くドキドキしてくれてないのが、凄くもやもやする。

早く帰れー、早く帰れー、という念を込めているのが伝わったのか、美地原は口いっぱいに含んだピザを、セットのジュースで流し込んで言った。

「そういえば、今日私はどこで寝ればいいの？」

「……お前、今日は帰らね？」

「え、やだけど」

「なんでやねん」

あまりの即答ぶりに思わず関西弁で返してしまう。本当にこいつの来た理由がよくわからん。俺のことが好きで好きでたまらなくて来たのならば、何故《なぜ》化粧を落とし、そんなださい格好をし、一人黙々とピザを食いまくるのかわからん。

つまり——認めたくはないが——こいつは俺目的で今日ここに来たのではない、ということがわかった。

……え？　こいつ本当に何しにきたの？

「真白ちゃんのご機嫌を取るのに、私が邪魔なんでしょ？」

美地原は半眼でそう言ってくる。なんだ、わかっているじゃないか。

しかし、わかっていても帰る素振りは一向に見せない。

「どーせ、抱きしめて耳元で俺がいるよとか甘いこと言って頭なでなでして最後にキスして一緒に寝るんでしょ！」

「いや、しねーわ！」

こいつ俺と真白が兄妹《きょうだい》だってことを忘れてるんじゃないのか？

「つーか、それってお前がやってほしいことじゃないのか？」

俺のそんな軽口に対し、美地原はギロッと俺のことを睨みつける。俺は蛇に睨まれた蛙《かえる》のように数秒固まってしまった。そのまま見つめ合うことおよそ一秒未満。美地原は大きくため息をつき、立ち上がる。

な、なんだ……。やる気か⁉


「召し上がれ」

美地原はそう言うと、俺が取り皿にとっておいたピザに大量のタバスコを振りかけた。

「あー！　何すんだお前！」

「姫《ひめ》ちゃんお手製のピッザだよ？」

わざとらしくあざとさを見せながらそんな生意気なことを言い出す。

……くそ。俺は辛いのは苦手なんだよ……。でも、これを食わないと真白のためにとっておいたピザに手をつけてしまうことになる。俺同様に辛いものが苦手な真白に、こんな劇物を残しておけない。俺は涙目になりながらも勢いよくピザに食らいつく。

「そういえばさ、真白ちゃんの言ってた学校に行く必要のない環境って何？」

「ごっほえほっ！」

むせながらも頑張ってこの劇物を処理している途中に、空気も読まずそんなことを聞いてくる。俺はピザに手一杯なので、しっかり無視をする。

「ねえ聞いてるの？　私のことを無視しないでよ！」

自分の分は既に食べ終わり、今は食事後の一休みをしている美地原が俺の側に来て肩をぐわんぐわんと揺らす。

やめろ！　俺はお前のやらかした惨事を体を張って片付けているというのに、なんでお前はそんなにも自分勝手なんだ！

俺はそれを訴えるために、睨むようなそれでいて懇願するような目で美地原を見る。

「無視しないで！　無視しないで！」

しかし効果はなかった。

……こういう自分最優先なところが、真白と似ているんだよなぁ……。

真白は妹だから可愛《かわい》いけど、こいつは普通に腹が立つ。

このままだとタバスコの汁が変なところに入り大惨事になる。

そう危惧した俺は、肩をぐわんぐわんと揺する美地原の両手を、思い切り摑《つか》む。

「ッッ！」

美地原が一瞬で顔を真っ赤にし、じたばたと手を離そうともがく。

しかし、ここで自由にしたらまた面倒なことになるので、この手を離したりはしない。

俺は美地原が余計なことをしないように見つめながら、もぐもぐとピザを咀嚼《そしゃく》する。

……うぇえ、辛い、辛いよ……。痛いよ……。

辛みたっぷりのピザを食べながら、恨みたっぷりに元凶の女を強く睨みつける。

美地原はそれに気圧《けお》されたのか、一瞬びくっと体を震わせると、諦めたように力を抜いた。よしよし、それでいいんだ……。

口の中のピザもあと少しで飲み込めるサイズになる。そしたらセットのリンゴジュースと共に思い切り流し込めばいい。

そう頭の中で算段をつけていると、ぎりっと歯ぎしりのすさまじい音が聞こえる。その音の方をちらりと見ると、そこにはガチ泣き状態の真白が扉の隙間からこちらを見ていた。

「ふごふごごごご」

俺は必死に弁解の言葉を言おうとするが、口一杯にモノを詰めすぎて何も伝わっていない。真白はひびが入るんじゃないかというぐらい強く扉を握りしめると、一言。

「……レイプ魔」

「もごごー！」

違うんだー！　と叫ぶものの、真白にその言葉が届くことはなく、口の中の激辛ピッザを飲み込んだ時には既に真白はそこにいなかった。

＊

「わっ、美味《おい》しそう。ありがとうね」

「……ほら」

ピザを食べ終わり、兄妹の絆《きずな》も終わり、そんな状況下においてなお、なんだかティータイムの気分なの、とか抜かしたビッチに俺は温かい紅茶を差し出していた。

『ふー……』

二人で一言も喋《しゃべ》ることなく、紅茶の香りと味を楽しんでいる。真白のことは一回置いといた。最悪大学を休学するレベルの時間を必要とするかもしれないが、それならそれで別にいい。とりあえず今は時間が必要だ。そう判断した俺は、紅茶でリラックスする。

「ねえ、さっきの質問に答えてよ？」

「あん？」

「だーから、真白ちゃんの言う学校に行かなくてもいい環境って何？」

「なんでそんなこと気になるんだよ」

「……うるさいな。ただの興味本位だよ」

「……ふーん」

あからさまに顔が暗くなったが、俺はそのことについて特に深く聞くことはしない。

「ふむ。まあ、簡単なことだ。真白が学校に行かないって言うと、このままだと将来まともに働けなくなるぞって親父《おやじ》と母さんが真白に言っていてな。だから、学校に行かなくても自活できるというアピールのために、真白に会社を創ってあげたんだ」

両親の言っていることは正しい。学校に行って勉強していい大学に行っていい会社に就職する。それが一番安定しているし、子供の幸せを願う親の気持ちとして当然なことだ。

だから親の言っていることに反対はしない。

でも、俺は真白に辛《つら》い思いをさせたくなかった。

美地原は特に茶々を入れることもなく、ただ黙って聞いてくれている。

「基本的なシステムは全て俺が管理していて、真白にはシステムのメンテナンスをお願いしている。やりたいことがあれば、好きに動かしていいとも言っているんだがな」

元々長期運営するつもりのない、いずれ潰す予定の会社だ。既に投資分は回収できているし、好き勝手やって、それで真白がやりたいことを見つけてくれればいい。

だが、あいつは自分から何かアクションを起こそうとはしない。それならそれでもよかった。真白が学校に行かなくてもいいという理由をあげられればそれで十分だ。

美地原は、そんな俺の言葉にふーんと短く反応し、その後に何かを言いかけた――

ピンポーン

――そのタイミングでまたもインターホンが鳴った。二人して顔を見合わせる。

「私もうピザいらないよ」

「お前まだピザ食うのか？」

二人の言葉が重なる。……こいつが頼んだピザじゃないのか……？

じゃあ一体誰が頼んだピザなんだ……？

そこで、俺は――俺たちは同じ一つの答えにたどり着く。

『真白（ちゃん）か！』

そうかそうか。真白の奴《やつ》、自分の分も食われたと思ってもう一枚頼んでおいたんだな。

やれやれ、可愛い奴め。ちゃんとお前の分も取っておいてあるというのに。

俺は真白の可愛さをニマニマと噛《か》みしめながら、美地原と二人で玄関へと向かう。

「今でまーす！」

玄関前で美地原がピザの配達員さんに声をかける。お前、俺の家に馴染《なじ》みすぎか。

俺は財布片手にカギを回し、扉を開く。

「やあ姫。迎えに来たよ」

そこには、真っ白なスーツを着たダンディなおっさんがいた。

「……パパ？」

……パパ？

＊

「さあ姫、帰ろうか。男の家に泊まるなんて無茶、天が許してもこの僕が許しはしない」

パパと呼ばれたおっさんはハットを片手にウインクをしながら格好つけて言う。

おいおい。まずはこの家の家主に挨拶するのが先じゃないのか？

「な、なんでパパがここにいるのよ！」

「ママから今日のことを聞いていてね。会社をサボって姫を尾行していたんだ」

さらっと気持ち悪いことを言うこのおっさんは、話の流れからいっても間違いなく美地原の父親だろう。

「といっても、君たちがパンケーキ屋さんに入ったあたりでママにバレて呼び出されて、その後何があったかはわからないけどね」

「じゃあどうして！」

「姫、君の安全を守るために僕は姫のスマホにＧＰＳアプリを入れている」

「はあ⁉」

美地原はダッシュでスマホが置いてあるリビングへと走っていく。

俺はこのタイミングで美地原の父親に話しかけた。

「すいません。夜遅いし虫も入るんで、帰るか扉閉めるかしてもらってもいいっすか」

「ああ、すまないね」

美地原の父親は扉を閉める。帰る気はないのね……。

父親は俺の顔をじっと見て言った。

「君があの有名な九頭竜 王子くんか。君の噂《うわさ》は業界でもよく聞いているよ。ビジネスマンとして良い関係を築いていきたいとは思うが、娘のこととなると話は別だ」

「……はあ」

どうでもいいから帰ってくれないかな。娘連れて。

そんなことを思いながら人の家で堂々としているおっさんを鬱陶《うっとう》しい目で見ていると、リビングの方から、あー！　という悲鳴が聞こえてくる。その後、ずしずしと怒りをあらわにしながら玄関に戻ってきた美地原は、父親を睨《にら》みつけて怒鳴り出した。

「最低最低最低最低！　ほんっとうに最低！　セクハラクソ親父！」

「ははは。たとえ娘にどれだけ嫌われようとも、娘のためになるならば喜んでその汚名を受ける。それが父親というものだよ。……出来たら嫌わないでね？」

父親を睨みつける美地原。それを難なく受け流す父親。それに挟まれる俺。

……俺はこの場所にいないといけないのか？

「……おい、美地原。俺には関係ないようだから――」

「はい、あなたのスマホ。どうせあなたもGPSアプリ入れられているわよ」

まさか。俺のスマホにそんなもの入れることが出来る人なんて真白しかいないだろ？

「……あ、入ってる」

俺は震える手でアプリのGPS機能をオフにした。

「さあ姫。これ以上は九頭竜くんにも迷惑をかける。大人しくパパの車で帰るんだ」

「いーやーだ！　娘のスマホを勝手にいじるような父親と一緒の車には乗れません！　貞操の危険を感じるから」

「な、僕は父親だぞ？　僕と二人きりの車に乗るより！」

美地原の父親は無遠慮に俺に指をさす。

「こいつの家に泊まる方が安心だというのか⁉」

おじさん、言葉の選択には気を付けて。

美地原は父親のその乱暴な言葉を受けると、腕を組み、豊満なバストを張って言った。

「ええ。この家は絶対安心って言いきれるわ」

「おい」

「なによ。シスコン童貞がこの状況でこの私に手を出せるわけ？　無理でしょ」

「なんでお前、俺が童貞だというトップシークレット知ってやがんだ！」

「七海《ななみ》から聞いた」

な、七海の野郎……。こいつ、いつの間にか七海のことを名前呼びしてやがるし！

あいつめ……。今度カズにあることないこと全部言ってやる！

「童貞のくせにカッコつけんなって」

美地原がニヤニヤしながら俺の肩をトンと優しく叩《たた》く。こいつ……。

「調子いいな。お前だって処女のくせによ」

「はー⁉　何適当言ってくれちゃってんの⁉　しかも親の前で！」

「お前、カズの家の奴らに声かけられた時自分で言ってたじゃねーか。『私だって初めては好きな人がいいの！』って」

俺は煽《あお》るようにわざと声のキーを高くして言う。美地原は自分が言ったことを思い出したのか、口をぱくぱくと金魚のように開閉している。

「経験豊富のふりをしておいて、実際の所は処女ですか。経験が豊富だと妄想で男の人とH出来るんですか？　頭の中ではヤリまくり非処女ですか！　すごい妄想力ですね！」

「お前を殺して私も死ぬ！」

激昂《げきこう》した美地原は玄関に立てかけてあった俺の傘を取ると、大きく振りかぶった。

「そうはさせるか！」

俺は真剣白刃取《しらは》りの体勢を取る。お前ごときの剣速、俺には止まって見えるぜ！

「甘い！」

何⁉

大きく上に振りかぶったのはフェイントで、美地原はそのまま横に剣（傘）をスライドさせると、横一文字に抜刀する。

「くっ」

俺はイナバウアーの姿勢になり剣（傘）すれすれで、その攻撃をかわす。

「ぐわっ！」

俺たちはきょとんとした表情でお互いに顔を見合わせると、ゆっくりと恐る恐る声のした方へ向き直る。

「………」

思いがけない一撃を食らい、鼻の辺りをおさえうずくまっているおっさんがいた。

しかも、自慢の白いスーツに傘から出た雨水がつき、茶色く汚れてしまっている。

俺たちはもう一回顔を見合わせると、ゆっくりと傘を元ある場所に戻し、お互いにこほんと咳《せき》ばらいをする。

「さて、美地原。お父さんも来たようだし、今日はもう帰ったらどうだ？」

「うーん。九頭竜くんの言うことももっともだけど、まだこの家に来た目標は達成できてないからなー。やっぱ泊まらせてもらうことにするよ」

「……何事もなく二人で話を再開するその豪胆さと、示し合わせたかのような仲の良さには感嘆するよ……」

俺たちはあえて聞こえてないふりをし、そのまま会話を続ける。

「そういえば聞いてなかったな。お前の今日の目的は何なんだ？　卒業式？」

「父親の目の前で娘の処女を奪う宣言は男らしくて本当に死んでほしいけど、私は真白ちゃんに会いに来たんだよね」

「……真白に？」

するとと、美地原はいいことを思いついた、とでも言いたげに大げさに両の手を叩いた。

「九頭竜くん。ちょっとしばらくの間、私の代わりにパパと二人でドライブデートをしてきてよ。その間に私が真白ちゃんの心のケアをしておくからさ」

「おい、勝手に何を言ってやがる」

「ひ、姫？　僕の愛車に乗せることが出来るのはママと姫だけなんだけど……」

美地原は俺たちの抗議を聞くことなく、いいからいいからと俺とおっさんの背中を押して外に追いやる。

「あ、そうだ九頭竜くん。今のうちに娘さんを僕にくださいって先にパパに言っておいてもいいんだよ？」

悪戯《いたずら》っぽく笑う美地原の笑顔に俺は——

「悪いが俺は『あなたのモノにしてください！』と全裸で頼んでくるような大和撫子《やまとなでしこ》の女以外とは付き合わないぞ」

「一生童貞やってろ」

＊

「九頭竜くん。姫とのデートは楽しかったかい？」

「……そうっスね」

「姫はいい子だろう？　顔は可愛《かわい》いしスタイルはいいし優しくて気遣いも出来る」

「……そうっスね」

「だけど甘やかしすぎたのかなー……。愛《いと》しのパパに、照れ隠しとはいえあんな暴言を吐くなんて」

「……そうっスね」

「……なんで日曜日の夜に二人で首都高走っているんだろうね」

「……本当、そうですよね……」

俺と美地原のお父さんは、二人で首都高をひたすらに走っていた。目的は特にない。

しかし、いかんせん会話がない。どうやらこのおっさんは、俺が美地原を狙っていると思っているらしく、先ほどからちょいちょい牽制《けんせい》してくる。

それだけならまだしも、美地原がどれだけ素晴らしく大切な存在かということもしつこいくらい語ってくるので、そろそろうざい。

現段階において、俺のストレスはかなりマックスなレベルで溜《た》まってきている。

美地原と真白が二人きりというのも俺のストレスをチャージする原因だったりする。

さっさと帰ってこのおっさんとの二人きりを止《や》めたい。だけど家に帰っても難題が残っている。その板挟みになり、俺は早くも泣きそうだった。

俺のそんな苦悩を知らないおっさんは、なおも美地原語りを止めない。

「姫は本当に可愛い。可愛すぎる。僕は仕事柄色々な芸能人に会うことはあるけどね、姫に比べたら彼女らなんて全然大したことないよ。もし姫があのまま芸能活動を続けていたら、きっと天下を取れていただろうに」

「あいつ……娘さん、芸能活動をやられていたんですか？」

「うん、高校の時に。二年間足らずだけどね」

俺はその言葉に驚くが、よく考えればあの容姿端麗さと、自己主張（自己愛ともいう）の塊のような女だ。逆に芸能界に入っていないと言われる方が不可解だ。

「ただ許せないことに、どうやら他のモデルの連中に陰湿な嫌がらせを受けたみたいでね。どうも、親の七光りだ、とか言われたそうだよ。姫の美しさじゃなくて、僕の権力のおかげだって嫉妬した連中がいるみたいだね」

「……そうなんですか」

「まあ、姫に変な仕事をやらせるわけにはいかないから、姫が一番輝ける仕事をやらせるよう事務所に圧力はかけたけどね」

……かけたんかい。俺はそういう上下関係がある世界は嫌いで入ったことはないが、芸能界は特にそうした関係に厳しいという。いくら親が広告企業の社長だからといって、あからさまな贔屓《ひいき》が続けば顰蹙《ひんしゅく》は買うだろう。くだらなすぎる理由ではあるが。

「事務所と嫌がらせをした連中には、当然その報いを受けさせたんだが……。はあ、天賦の才能をあんな形で終わらせてしまうとは。僕の目が行き届かなかったことを反省するばかりだよ」

「天賦の才能、ですか？」

俺がそのワードに反応するのを見ると、おっさんは俺の方を見て、嬉《うれ》しそうに言った。

「そう。『天才』っていうやつだね。君もわかるだろ？」

「ええ、俺は『天才』ですからね」

「そうだね。君のことは調べさせて貰《もら》ったけど、『天才』と言っても過言ではないだろう。当然姫も――」

「でも――」

俺はおっさんの話にあえて入り込み遮断する。これだけは言わなくては。これだけは伝えておかなければ。あの性悪ビッチ女のためにも――

「あいつは――美地原《みちはら》三姫《みき》は『天才』ではないですよ。『天才』には絶対になれません」

「……言い切るねぇ」

車は既に三十分以上走らせている。外は既に真っ暗だ。車内の静かな空間にフェラーリの独特なエンジン音がやけにうるさく響く。

「君の思う『天才』の定義はわからないけど、僕は姫なら何にでもなれると思っているよ。それでも姫は『天才』にはなれないのかい？」

面白そうに、しかし少し威嚇するような声色で俺に向かって言う。

今までのような場を盛り上げるためだけの会話というよりも、もっと深い――俺という人間を確かめているような感じもする。

やれやれ、意図せず『娘さんをください』みたいな感じになってないか？

「……俺はむしろ、あなたがなんで彼女を『天才』にしたいのかがわかりかねますね」

「それはもちろん。特別だからさ。姫は容姿・家柄・能力、どれをとっても圧倒的で、同年代の女子を一切寄せ付けない才能を持っている。これを『天才』と言わずしてなんというのかな？」

「でも、その才能のせいであいつは一人ですよ」

「…………」

初めておっさんがバツの悪そうな顔をした。

俺は知っている――容姿のせいで疎外された最愛の妹を。
俺は知っている――家柄のせいで疎外された大事な親友を。
俺は知っている――能力のせいで疎外された自分自身を。

それなのにこのおっさんは何も知らない。あの女が――容姿も家柄も能力も、何もかも全てを兼ね備えてしまった美地原 三姫が、一体どれだけ苦しんでいるのかを。

常に全員を敵と思い込み、作り物の笑顔を長年張り付けて取れなくなり、誰にも期待できず、マウントを取り続けることで何とか自分を保つ日々。

そんなギリギリのところでずっと耐えているあの女が、どうして――どうして『天才』だなんて言えるだろうか。

俺は道中奢《おご》ってもらったブラックコーヒーを一口分喉に通し、喉に潤いを取り戻すと助手席の背もたれに深く寄りかかって言った。

「一人になりたくないと思う奴《やつ》が『天才』になんてなれませんよ。進んで一人になれる奴が『天才』になれるんです」

美地原の親父《おやじ》は、一瞬両手で持っているハンドルを強く握り直し、深呼吸をした。

「なら君は、進んで一人になっているのか？」

「……知っていますか？　俺に出来ないことはないんです」

想定の答えと違ったのか、おっさんは俺の発言の意図を捉えようとする表情をした。

「俺の周りの連中は皆そう思っている。全ての期待に、願いに応えてきた。こうして、大事な奴らを『天才』の呪縛とやらから解き放っているんですよ。九頭竜王子以上の『天才』には自分はなれない。あの男がいるならば、自分は『普通』だと」

自分でも質問の答えにはなっていないと思う。でも、この親父もずっと愛娘《まなむすめ》の話を自分勝手に進めてきたんだ。俺も、好きなように語るぐらい許されるだろ。

おっさんはしばらく黙っていたが、少しすると大きな声で笑いだした。

「あははは！　青い！　青いな！」

気分が良くなったのか、スピードを少し上げる。椅子に深く座っていた俺は一瞬座席から転げ落ちそうになるが、シートベルトに変にひっかかってくれて無事だった。

「だけど、面白い。なら君は、うちの娘も『天才』から解き放ってくれるのかい？」

「心配しなくても、そんな鍵の開いたセキュリティがばがばの牢獄《ろうごく》、自分一人の力で今にも出てきますよ」

「そうか……そうか。それは、いいことだな」

おっさんは噛《か》みしめるようにその言葉を反芻《はんすう》する。

そこから家に着くまで、お互いに一言も交わすことはなかった。

＊

嫌だなー嫌だなー。俺は憂鬱な気分のまま、ふと気が付くと自分の家の前に立っていた。

遠くの方で、フェラーリのエンジン音が聞こえる。

美地原の父親は先ほど、娘の外泊は許すが純潔を奪うのは許さないとだけ言い残し、俺を家の前で降ろして帰っていった。

ドライブの時間は最後の方は何一つ会話はなかったけども、道中買って貰った高級プリンのお礼は言っておいた。曰《いわ》く宿代らしい。個人的には連れ帰ってほしかったけど。

俺はプリンで二人の仲が少しは改善されることを期待し、鍵を回しゆっくりと扉を開けた。そして音を立てずにゆっくりと扉を閉めると、そろりそろりとコソ泥のようにリビングへと向かう。……自分の家なのに。

そしてリビングへの扉の取手を摑《つか》んだ段階で、全身から汗が噴き出してきた。

頼む……。これを開けたら一面血の海で「……お兄ちゃん。真白、悪くないよね？」みたいな鬱展開だけはどうか勘弁してくれ！

「神よ……！」

今日何度目かも知れぬ神への祈りを込め、覚悟を決めて扉を開ける。そこには――

「ちょっと三姫さん！　その服はそうやって着るもんじゃないんだけど！」

「仕方がないじゃない。胸が窮屈なんだから。あ、真白。今日の私の服着てみてもいいわよ。今の内ならポロリしても問題ないでしょ」

「なめんな！　ずり落ちないレベルの胸はあるわ！」

……えっと。これは何だ……？　夢か……？

俺の目の前で可愛《かわい》らしい女の子が二人、仲良く戯《たわむ》れている。二人とも一切笑顔はない。

しかし、俺レベルにもなれば、二人がどんな感情を持っているのかはわかる。

――とても、リラックスした表情だ。

「あら、九頭竜くん帰ってきてたの？」

「あ！　お兄ちゃん聞いてよ！　私って別に貧乳じゃないよね？」

二人は俺の帰宅に気が付くと、各々《おのおの》話しかけてくる。

真白は俺が家を出る前までの精神状態ではなく、いつも通りの、いやいつもよりもなんだかすっきりした表情をしている。

一方で美地原も、変に気を張った状態でもなく、全く誇らしげな様子もなく、ただただ昔からこの家によくいる幼馴染《おさななじみ》のような、そんな親しみやすさを滲《にじ》み出している。

俺は混乱する頭をクリアにするために、戸惑いながらも二人に聞いてみた。

「えっと……随分仲良くなった……ね？」

俺の疑問調の感想に対し、二人は銘々に返してくれる。

「いや、こんな痴女ビッチ処女と仲良くなるわけがないじゃん。貧乳じゃないよね？」

「いや、こんなめんどくさいぼっちブラコンと仲良くなるわけがないじゃん。私と比べたら貧乳だし汚乳だよ」

真白が我慢できずに美地原に襲い掛かる。しかし美地原は、それを華麗に押さえ、合気道の要領で見事に転がすと真白のマウントポジションを取る。

流石《さすが》、父親が『天才』と称するだけはある。運動神経抜群だ。

ちなみに今の一連の動作で、美地原が無理に着ていた真白の服の胸の辺りから、見てはいけないものが見えてしまいましたが、紳士な俺は黙っています。

「こほん。そういえば、美地原はどうして真白の服を着ているんだ？」

気まずさを紛らわすために、俺は気になっていることを質問してみた。

美地原はマウントポジションを取りながら、真白の白くて細い腕を片手で押さえ、もう片方の手で真白の白くて控え目な胸を揉《も》みながら言う。

「ん？　……ああ、明日の服を借りてたの」

引き籠もりなだけあって圧倒的に貧弱な真白は、頑張って精一杯暴れまわっているものの、美地原はそれを歯牙《しが》にもかけない。俺はため息をつきながら言う。

「……お前、本格的に泊まる気なんだな。まあ、親父さんは許してくれるみたいだけど」

それを聞くと美地原は、ふんと鼻息を漏らすと、呆《あき》れたように言った。

「パパが何と言おうとも、今日は泊まる気でいたから関係ないし。それに、九頭竜くんならパパを説得出来るって確信していたしね」

「それは、信頼頂き幸いですよ。……なあ、そろそろ真白を放してやってくれないか？」

美地原は最後に真白の胸を鷲摑《わしづか》みにする。真白の声にならない悲鳴、というか喘《あえ》ぎ声を聞くと、満足そうにマウントポジションから降りた。

……まさか物理的にマウントを取りだすとは。

「うん。Ａカップらしい慎《つつ》ましやかな触り心地でした。星二つ」

真白が恨みがましい目をしながらふざける美地原を睨《にら》みつけるが、実力行使に出ても敵《かな》わないと思ったのかそそくさと俺の後ろへと避難してきた。

あれ、何だか良い匂いが……。

「もしかして、二人とも風呂《ふろ》に入ったのか？」

俺の疑問に答えたのは、服の胸の位置を直していた美地原だった。

「うん、さっき一緒に入ったよ。その時に真白の貧相な乳を見たの」

「へー……」

俺が家を留守にしているほんの一時間足らずで随分仲が良くなったようだった。相性はきっといいだろうと思っていたけど、まさかここまで仲良くなったとは。

俺はルンルン気分になりながら、持っていたプリンをテーブルに置く。

「うむ！　なら三人で高級プリンでも食べよう！　ちゃんと三人分買ってきたぞ！」

「本当⁉」

「へー、気が利《き》くじゃん」

プリンに目がない真白が、俺の腰に抱き着きながら言う。

美地原は、流石に真白ほどあからさまに反応しないものの、若干嬉《うれ》しそうだ。

俺がプリンを机の上に取り出してスプーンを用意していると、美地原が財布を取り出しているのが見えた。

「何してんだ？」

美地原は呆れたような、かつちょっとドヤ顔でこちらを見た。

「プ・リ・ン代。言われる前に払いますよーだ」

なんだそんなことか。おいおい、これは本格的にデート割り勘作戦が上手《うま》くいったんじゃないのか。世の男性諸君にデートは割り勘した方がモテるぞ、って伝えたいものだな。

だが、今日の俺はここ数年の中でも稀《まれ》に見るレベルで機嫌が良い。真白があんな表情を見せたのはいつ以来だろうか。対等に誰かと喧嘩《けんか》をしたことなんて、これまでの人生であっただろうか。思えば思うほど、今日一日は何て素晴らしい日なんだと感じるよ。

「金は不要だ。今日は、俺にとって最高の一日だったしな」

「……へ？」

美地原は呆《ほう》けた顔をすると、数秒間考えるような素振りを見せ、そして何かに思い至ったのか、顔を茹《ゆ》でダコのように真っ赤にした。

「へ、へー……。そ、そんなに、今日楽しかったんだ……」

「楽しいというよりかは、嬉しい、の方が強いかな」

「ふ、ふーん。まあ私も、その、悪くない、一日だったかなー……なんて」

チラッチラッとこちらを見てくる美地原。確かに真白と友達になってくれたのは感謝しているが、これはちょっと鬱陶《うっとう》しい。

「私は最悪な一日だったよ」

俺が何かを言う前に、真白が俺の腰に両手で抱き着きながら言う。目線は睨みつけるように美地原の方を向いており、美地原も美地原で挑発的な目で真白のことを見る。

漫画やアニメであったら、この視線の交差にバチバチバチッ！　とでも効果音を付けるのだろう。

しかし、これは現実なのでそんなものは見えない。

俺は喧嘩をさせないためにも二人の間に入る。

「はいはいはい。そこまでそこまで。早くプリン食おうぜ」

俺のその言葉に、二人は目線の交差を止めると、お互いに顔を見合わせて噴き出した。

「ど、どうしたんだ？」

俺が慌てて二人に理由を聞くと、二人は声を合わせて、

『知らなーい』


その後に、ねー、なんて二人で言うのもとても可愛い。

とても可愛いけど、こういうのってなんか凄《すご》く気になる……。

俺がいない一時間の間に、二人で俺の悪口でも言ってたのか……？

乙女二人の会話の内容を根掘り葉掘り聞くほど、俺は野暮ではない。

仕方がないと諦め、プリンを頂くことにする。

プリンを食べる前に、少しだけ心配そうな顔で美地原が聞いてきた。

「……ねえ、本当にお金いいの？」

「ああ。だってこのプリン、お前の親父《おやじ》が買ってくれたやつだからな」

【恋心と知能　反比例の法則】

――ビッチside――

「うーん……ん……ん……ふう……」

……寝られません。

どうしようどうしようどうしよう。ギンギラギンにお目々がバッチリ開きっぱなしです。心臓がバクバク滅茶苦茶《めちゃくちゃ》うるさいけど……。これ、真白に聞かれないよね？　大丈夫だよね？　念のため、もう少しだけ布団《ふとん》をベッドから離しておこ。

状況を整理しよう。私は今、生まれて初めて男の子の家で寝ている。もちろん、寝ている部屋は男の子の部屋ではなく、その妹の部屋だ。

しかし、この扉を開いた向こうの部屋にはその男の子がいる。

つまり、その男の子は扉を開いて一歩前に進み、また扉を開くと、私という大秘宝を手に入れることが出来るのだ。こんなチャンスを目の前にして、襲わずにいる男がいようか。

いや、いない。そう、つまり私は今日、ここで卒業をする！　……かもしれない。

もしこの家に私とその男の子しかいなかったら、もう間違いなく卒業式というか貫通式は行われていたであろう。しかし、古今東西あらゆる財宝には、突破困難のデストラップが仕組まれているものなのだ。この部屋——九頭竜邸真白部屋——におけるデストラップは、部屋の主、メンヘラシスターこと九頭竜 真白だ。

このデストラップは侵入者だけではなく、財宝も危なくしてしまうという重大な欠陥がある。デストラップが起動し、暴走を始めようものならば、我々に明日はない。

その危険性を一番知っているはずの冒険者——男の子こと九頭竜 王子は、財宝を目の前にして諦めるのか。いや、諦めない。何故《なぜ》かと言えば、財宝は私だからだ。以上。

……いや普通に考えて、神様にお願いしないと実現しないレベルの『奇跡』が今すぐ目の前で起きているんだよ？

そりゃ来るよ。しょうがないよ。部屋に来たとしても、信じていたのに……のようなゴミ女ムーブはかましません。家に来た以上、私も覚悟は出来ています。

でも、正直言うと寝る少し前まで一切そんなことは考えておりませんでした。

ホテル跡で私が九頭竜くんの家に泊まるって言ったのは、似ているとよく言われる真白という少女に一度会ってみたかったからだ。

……あとは、もうちょっとしっかり九頭竜くんにお礼を言いたかったってのもある。

バッグにせよ、ゴミチューバーにせよ、ヤクザにせよ、あれだけ支えになってもらいながら、しっかりとお礼を言えていなかったことに後になって気が付いたのだ。

待って、言い訳だけさせて。今まで、何か私のためにしてくれた人がいたら、その人にはすぐにお礼を言っていました。だってお礼待ちの顔をしているんだもん。

だけど、九頭竜くんは本当に何でもないような、肩についた糸くずを取ってあげただけ、みたいな態度を取るから、こっちも素直にお礼を言いづらかったの。だからお礼を言いたかったんだけど、結局言えずに寝る時間になってしまった。

そんな状態の時に、寝ているすぐ隣の部屋にその彼がいるという絶好のシチュエーションがあれば、お礼は体で……みたいな妄想はしちゃうよ。思春期だもん。

そんなわけで、真白の部屋に敷かれた客用の布団に入り早二時間。私はもやもやもやもやと、ごろごろしながらそんなことをずっと考えている。

ちなみに、今着ているのは真白のパジャマで、その中でもかなりラフなものだ。

ぶっちゃけ色気はない。だが、私が着ることで本来予定されていなかったサイズにまで服が伸び、逆にエロいことになっていたので許可した。

私が着ていた九頭竜くんの服は、真白に汚れと匂いが落ちるスプレーをふんだんにかけられ、ネットに入れられて洗濯されていた。

……これを私の目の前でやるところが、本当に凄いと思う。

それにしても——私は布団の中で今の自分の状態に何か不足点や注意点がないかを確認する。いや別に来てほしいわけじゃないけど。もし来た時に、こっちがいまいちだったら——いや相手が私な時点で不足点とかないけども。

まあでも、完璧主義者の私としてはやっぱり、一番完璧な状態の私でありたいわけですよ。処理が不十分なところはないか、匂いは大丈夫か、下着は——

「あ……」

……やってしまった。流石《さすが》に下着を借りるのは憚《はばか》られるので、下着だけは今日はいていたものをまた使っていたのだ。ブラは寝る時はつけないので問題はないが、パンツはまずい。匂いとかそういうのじゃない殺すぞ。

……こほん。あの男は、罪深いことに私のこの純白のパンツを今日のデート中に見ている。つまり、同じパンツをはいているということがバレてしまう可能性がある。

よかったー。早めに気づいて。私は布団の中で器用にパンツを脱ぐと、ノーパンの状態になって再度ズボンをはいた。ちなみに脱いだパンツは布団の下にしまっておいた。

これで九頭竜くんが来たとしても一安心だ。

「…………」

……眠れん！

え、来るの来ないの？　どっちなのかだけ教えに来てくれない？

別に来ても軽蔑しないからとりあえず勇気を出してどっちかだけ教えてよ。ノーパンのせいで何か変な気分になっちゃって、何だかとても頭がぽわぽわ、くらくらしてきた。

無理無理無理無理。こんな生殺し状態で朝までなんてとても無理。頼むから今日そういうことがあるのか、それともないのか、ないなら理由もセットで早く教えてほしい。

「……よし」

──こっちから行くか。

いや、決して誘いに行くわけではない。どうせすぐ向かいの部屋なんだし、ちょっと今日私のことを襲いに来るのかどうかを聞きに行くだけ。

イエスと言われたら戻って準備するだけだし、ノーと言われたら穏やかに寝るだけだ。

そう、白黒はっきりつけたいだけ。もしかしたらそのまま彼の部屋で……？


「ん、んん！」

私はわざとらしく咳《せき》ばらいをし、その妄想を打ち消す。流石にそんな展開にはならないって。もっと雰囲気ある感じでしてくれるって。

無理やりが怖いって今日の昼に伝えてあるしね。大丈夫大丈夫。

——うん。九頭竜くんに全部委ねよう。任せよう。私はただ、黙って笑顔で彼を受け入れてあげればいいだけだ。……いや、もしそういうことがあるならばの話よ？

私は誰にするわけでもない言い訳を心の中で満足するまでしたら、いざ向かいの九頭竜くんの部屋に突撃するために、スマホの内カメラを起動して最終確認。

うん、すっぴんでも滅茶苦茶可愛《かわい》い。

準備を全て終えた後は、真白を起こさないためにそっと音もなく立ち上がる。

……これ、実は真白起きているとかないよね？

不安になった私は、最強のデストラップが起動していないかを確認してみる。

「……やーい、貧乳ぼっちー」

……返事はない。

いや、この程度なら聞こえてないふりをしている可能性も十二分にある。

「ブラコン変態女ー。メンヘラ欲情ビッチー」

なおも反応はない。……これは……寝ているのかな？　よし。

「……………あんっ！　九頭竜く……だ……だめ！　真白が……おきちゃう……！」

「………すう……」

デストラップ、起動していません。安全モードです。

よしよしよし。今日は大分泣いていたし、泣き疲れたのかな。まあ、大丈夫。あなたを起こすようなことには多分ならないよ。すぐこの布団に戻ってくるかもしれないし。

朝まで戻ってこない可能性もあるけど、真白には気づかれないよう配慮するからね。

「……ふうー……」

私は立ち上がり扉の前で深く深呼吸をする。

いつぶりだろう。こんなにも感情が揺さぶられた一日は。

——ずっと退屈だった。ずっとイライラしていた。変わらない毎日。同じような人間。全てが退屈で腹立たしい。そんな人間程度に舐《な》められないように、興味のない男とデートをして、貢《みつ》がせて、ブランド品で身を固めて……。

本格的に男という存在を気持ち悪く感じだしたら、私に甘いパパを利用して。

なんて最低で淫売な女なのだろうと自分でも思う。そんな鬱屈した思いを抱えて今まで生きてきた。世界は何て面白みがないんだろう、と中学生のようなことを考えていた。

——だけど、今日だけは違った。

今日のことを考え、前日は無駄にそわそわした。

今日の朝、待ち合わせに遅れる彼にどうしようもなく腹が立った。

デートなのに一円単位で割り勘をしようとすることに心の底から呆《あき》れた。

数百万のバッグを、ポンと買ってくれた豪胆さに引いた。

怖くて辛《つら》くて苦しくて、昔のことを思い出して泣いている時に、ヒーローのように現れて拳で解決してしまう豪快さにドキドキした。

私と一緒にいるのに他の女のことばかり考えて、悲しくなった。

怖くて怖くてたまらない時に、隣にいてくれてとても安心した。

初めて『友達』と言える人たちに出会わせてくれて、泣きそうになった。

そして今、同じ屋根の下で一緒に寝ていることを思うと――ムラムラする。


実のところ、私だって普段口に出して言うほど自分に自信があるわけではない。

顔もスタイルも運動神経も頭も、家柄だって完璧な私は、小さい頃は周囲のレベルに合わせるために窮屈な思いをした。それでも嫌な思いをし続けたから、ありのままの自分でいようと思ったら孤立した。だから甘い汁を吸おうとするアホ女どもと一緒にいることで、孤独を紛らわせようとした。


――正直、真白が羨ましい。一番辛い時に、一番苦しい時に、一番の理解者が近くにいて、一番の『天才』が味方にいて。そのおかげでどれだけ救われてきたのかということは、お風呂《ふろ》場での喧嘩《けんか》調の会話でも十分にわかった。

嫉妬はしている。どうして私には……と思わないでもない。

でも、まだ遅くはない。今、私の側には一番の理解者がいる。『天才』がいる。

もし望みを言うならば、Hなことを抜きにただただ優しく抱きしめてほしい。

強く抱きしめられながら、眠ってしまいたい。

それが残酷だということはいくら私でも流石に知っているから、覚悟を決めた。

パパ、ママ。……三姫は大人になります。


もう一度深く深呼吸をした後、私はゆっくりと扉の取手に手をかけた——

——瞬間に、背中にナイフを突き刺された！

……かのように思えるほどの、鋭い視線を背中に浴びた。

おそるおそる振り返ると、美しい純黒の宝石が二つ、闇夜の下で爛々《らんらん》と輝いていた。

「……ひっ」

思わずひきつった声を出し、後ずさってしまう。ドン、と扉に背中をぶつける。

その美しい宝石は、ただの一瞬も瞼《まぶた》の下にしまわれることなくこちらを凝視してくる。

永遠にも思える時間宝石に見つめられていると、その宝石の持ち主の口角が大きく歪《ゆが》む。

正しく表現するならば、にこっとした、なのだろう。

しかし、どうしてもその表情を、そんな可愛らしい言葉で表したくはなかった。

宝石の主はゆっくりと起き上がると、先ほどまで眠っていたベッドに腰を掛けた。

「……三姫さん。どこに行くの？」

透き通るように美しい声が、緊張で敏感になった私の聴覚を刺激する。

「ト、トイレ……」

私は苦し紛れに言う。多少つっかえてしまったが、回答としてはおかしくないはず。

「……そうなんだ。……お兄ちゃんのトイレになりにいくんだ」

「ちょっとその表現は看過できない」

思わず突っ込んでしまった。いや、このタイミングだと突っ込むというのもなんかおかしい表現のような気がする。しかし、私の言葉にも何ら反応を見せない宝石の主——真白は、ゆっくりと立ち上がり私の方に近づいてくる。

な、なんだ……やる気か⁉

「……ゴミくそビッチ」

ぼそりと真白が呟《つぶや》く。私が何か反論をする前に、真白は次の言葉を言う。

「ビッチ……裏切者」

最後にぼそりと呟いたその言葉は、何故《なぜ》か私の胸を一番貫いた。

「こほん。……真白、落ち着いて聞いて。私は別に、九頭竜くんを誘惑しに行こうとかそんなことは一切考えていないから」

「ノーパンの痴女にそんなこと言われても信用できるかよ」

正論だった。布団《ふとん》の下に隠していたパンツが少しだけ顔を出しているのを見ながら真白は言った。その後に呟いた、人のパジャマを生で着るとかどういう神経してんだよ、というお言葉も、まさにド正論であった。

「の、ノーパンなのは！　九頭竜くんに万が一見られた時に、今日と同じパンツをはいているって思われたくなくて！」

「ほら！　やっぱり見せるようなことをしに行くんじゃん！」

「別に自分から見せに行くわけじゃないわよ！　でも、もし勇気を出して誘ってくれたら、それを断るのも可哀《かわい》そうでしょ⁉」

「可哀そうだよ！　でもそこがいいんだよ！」

な…なんて歪んだ性癖持ちなんだこいつ……。

そういえばこいつ、九頭竜くんに間違った恋愛知識を詰め込んでいるんだよね……。

もしかして、お兄ちゃんを奪われたくないからだけじゃなく、落ち込んだお兄ちゃんを見たいから……？


「……ビッチめ」

「三姫さんに言われたくないわ！」

コンコン、と控えめなノック音がした。

え⁉　このタイミングで夜這《よば》い⁉　ま、待ってまだ心の準備が出来てない……！

「あー、真白に美地原。もう夜は遅いから静かにな。近所迷惑になるから」

扉の向こうで、困惑したような、呆れたような声が聞こえる。声の主は、女神の花園への扉を開けることなく去っていった。

……あー、はい……。今日はない感じですね。

「……ちっ」

「今舌打ちした？」

真白が小さな声で聞いてくる。べ、別に期待していたわけじゃないんだからね。

「はあ……なんかどっと疲れたな……」

「こっちのセリフだっての」

真白は睨《にら》みつけながらそう言うと、またベッドに横になって向こうをむいてしまった。

私も、今夜は大人しく眠りにつこうと布団に入る。


「……ねえ真白」

「なに？」

「……もしかして……ずっと起きてた？」

「うん。三姫さんの喘《あえ》ぎ声はスマホに録音済みだよ」

「はあ⁉」

「しー」

真白は人差し指を口に当て、静かにするように促してくる。

ま、まさか……録音されていたなんて。真白は先ほどの復讐《ふくしゅう》とばかりにニヤニヤとしながら、スマホの音量を上げ、私によく聞こえるように再生する。

『……あんっ！　九頭竜く……だ……だめ！　真白が……おきちゃう……！』

私は全身から火が噴き出そうなほど真っ赤になり、布団の中で小さく丸まってしまった。

真白のニヤニヤしているであろう声が、布団越しに聞こえてくる。

「いやー、処女丸出しの恥ずかしい演技ですねー。お姫様が普段どんな本で性欲をお満たしになっているか、手に取るようにわかってしまいますよー」

『……あんっ！　九頭竜く……だ……だめ！　真白が……おきちゃう……！』

ダメ押しとばかりにもう一度、録音した私の恥ずかしい喘ぎ声を流してくる。

やばい、客観的に聞くと死ぬほど恥ずかしい。死にたい。

『……あんっ！　九頭竜く……だ……だめ！　真白が……おきちゃう……！』

三度目の音声が聞こえてきたタイミングで、私は布団をその場に投げ捨て、ベッドで偉そうにふんぞり返っている真白に、思い切り飛びかかった！

「きゃー！　処女のくせに男慣れしてる雰囲気を出す雰囲気処女ビッチに犯される ー！」

「このクソ女！　この私を舐《な》めたことを後悔させてやる！」

「……何をやっているんだお前らは……」

扉側から、呆《あき》れたような声が聞こえてくる。今度は扉越しではなく、しっかりと部屋の中に入って、私たちを可哀そうな子を見るような目で見ながら言ってくる。

ふと、冷静になった私と真白は、今の自分たちの状況を見る。二人の美少女が乱れた服でベッドの上で絡《から》まりまくっている。

……え、私何も下着付けていないけど大丈夫だよね……？　み、見えてないよね？

似たような心配を真白もしたのか、私たちは目を合わせると、お互いにこくんと同時に頷《うなず》き、声を合わせてこの状況の言い訳をする。

『全部このビッチ（ぼっち）女が悪い！』

【くずとビッチ】

――くず side――


「あれ？　真白は？」

「その前に『奇跡』の美少女たる私の洗顔中を見たことへの感想はないの？」

諸々《もろもろ》あった次の日の朝。目覚めた俺は、いつも通り顔を洗うために洗面所に来た。

いつもはそこに、いつからいるのかタオルを持った真白が待機してくれている。

しかし今日は、何故か昨日の夜から俺の家に泊まっている処女ビッチ女――美地原《みちはら》三《み》姫《き》が洗顔中であった。

……ふむ。真白はどこにいったのか？

「あ、おはよう」

「……おはよう。いい朝ね」

とてもそうは思っていないであろう寝不足そうな顔でそう返してくる。

そりゃあ、あんな夜遅くまで騒いでいたら寝不足にもなるわ。

美地原は既に着替えを終えており、今から化粧をする様子。流石《さすが》に昨日のようなすっぴん寝間着（ノーブラ）状態で今日もいるわけではなさそうだ。

俺と美地原は、今日は一緒に大学に行くという話になっている。二限からなので今日は九時過ぎに家を出れば十分なのだが、時刻はまだ七時を少し過ぎた辺りだ。

普段は真白と二人でのんびり朝飯を食べて準備をして出かける、というのが流れなのだが、その真白がいない。いつもならキッチンで俺のために朝ご飯を作ってくれて、俺が来ると真っ先に天使のような笑顔でおはようと言ってくれるのに……。

美地原のおはようも中々癒《いや》されるが、やはり真白のおはようがないと、どうにも調子が上がらないな。

洗顔と歯磨きを終えた俺が、タオルで顔を拭きながらリビングに入ると、美地原は化粧中だった。

「真白はどうしたんだ？」

俺が椅子に座りつつ美地原に再度聞くと、美地原は化粧をしながら雑に言った。

「化粧中の女の子に話しかけるのはＮＧでーす。それに、真白なら今準備中だから、変な詮索をしないように。詮索癖のある男はモテないよ？」

「……準備中？　なんの？」

俺の疑問に対し、美地原はやれやれと言わんばかりに肩をすくめる。

今日は大学をサボってまで真白と二人で一緒にどこかに行く約束はしてなかったと思うが……。それとも美地原と二人でどこかに行くつもりなのか？

準備中という言葉の真意を摑《つか》もうと俺が頭を悩ましていると、美地原がコンシーラーを持っていない方の手で扉を指さす。その指の先を見ると、丁度リビングの扉が開くところだった。扉が開くとそこには——制服姿の、天使のような女の子がいた。


「ま……ま、しろ？」

「…………おはよ」

少し不機嫌そうに、そして照れくさそうに真白は挨拶を返してくれる。

「ど、どうしたんだ……？　その格好……制服、だよな？」

「他に何に見えるのよ……」

美地原がこちらを一切見ることなく、呆れた声で言う。驚きで思考停止中の俺に対し、美地原は化粧を終えて立ち上がると、真白の前に立ち、じっくりと全身を眺める。

「うん。やっぱり可愛《かわい》いじゃない。よく似合っているわよ」

真白はそんな美地原の言葉にふいっと顔を背ける。それを見ても、美地原は腹を立てるわけでもなく、困った子に向けるような慈《いつく》しみに溢《あふ》れた目で真白を見る。

なんだか、これだけ見ると年の近い姉妹のようだ。そんなことを考えながら二人の様子に惚《ほう》けていると、美地原が座ったままの俺を睨みながら言った。

「九頭竜くん。真白を見て何か感想とかないの？」

それはおそらく、真白の姿を褒めろ、ということだったのだろう。実際、心の中では幾億もの真白の容姿を絶賛するような言葉が湯水のごとく湧き出てくる。

しかし、実際に出たのは口から湯水のように出る軽い言葉ではなく——涙だった。

目から水を垂れ流す俺を見て、美地原は一瞬ぎょっとしたような表情を見せる。反対に、真白はそんな俺の姿を見て、同じく泣き出してしまった。

「あーもう！　化粧崩れるから手で拭っちゃダメだって！」

真白が涙をごまかそうと乱暴にごしごしと目元を拭うのを、美地原がティッシュボックス片手に慌てて制止する。

「……ほら」

献身的に真白の涙を拭いてあげる美地原は、俺の垂れ流しの涙を見るとぶっきらぼうにハンカチを渡してきた。俺はありがたくハンカチを受け取ると、遠慮なく鼻をかむ。

めちゃめちゃ嫌そうな顔をしながら何かを言いたそうな美地原だったが、その言葉を飲み込み、深くため息をつく。……すまないね。洗って返すよ。

俺も真白もやっと落ち着いてきたので、俺は改めて真白の方へと向き直り話しかける。

「……真白、その格好をしているってことは、つまり……そういうことでいいのか？」

俺のその疑問に、真白は一瞬バツの悪そうな顔をし、困ったような顔で美地原を見る。

俺もつられて美地原を見ると、美地原が真白に向かってウインクするのが見えた。

真白もそれを見たのか、気持ちを落ち着かせるために軽く深呼吸をすると、まるでもう一人の美地原三姫のように、自信たっぷりの顔になって言った。

「学校に行ってくる。――こんなくだらないところ、こっちから辞めてやる！　って言いにね――！」

俺は右手を上げる。真白は手を上げる俺を見て、びくっと体を震わせる。

――俺は、その小さくてかわいい最愛の妹の頭に優しく手をのせると、そのまま何度も何度も撫《な》で続けた。

真白は驚いたような表情で俺の方を見る。

真白、そんな顔をする必要はない。お前は何も悪くない。

お前はちゃんと――決断したんだ。

「……よく前に進めたな。真白」

俺は今までで一番優しい表情で、声で、撫で方で、真白に渾身《こんしん》の思いを伝える。

学校には行きたくないけど、学校を辞めることができなかった。俺の手伝いをすることで、停滞の言い訳をしていた。進まない理由をいつも探していた。

そんな真白が、自分自身で決断し、自分一人で進もうとしている。制服を着たのは、その決意の表れだろう。

そんな真白を褒めずして、何が兄だ――何が『天才』だ。

「……うう……おにい……ちゃん……うえええええん！」

真白は俺の胸に抱き着くと、そのまま再度泣き出してしまう。

俺は真白の小さな、だけど今はもう立派な背中に両手を回し、強く、強く抱きしめた。

＊

「全く……折角、私が化粧も髪もセットしてあげたのに全部ぐちゃぐちゃにしちゃって」

「悪い悪い」

俺は真白の髪の毛をヘアーアイロンでセットしてくれている美地原に、朝飯の食パンを齧《かじ》りながら謝った。

あの後、泣き止《や》んだ真白を放すと、俺のTシャツには大量のメイクがついていた。

そして、真白のメイクも完全に剝がれ落ちていた。

むろん真白はすっぴんでも女神のように可愛いが、今日は戦いの日ということで、あらゆる準備を万端にしてから学校に行くとのことだ。その提案をしたのは美地原らしく、化粧やアイロンも全て美地原がやってくれている。

いつもは俺以外の人間に髪の毛や肌を触られるとブチ切れる真白が、今日は素直に言うことを聞いている。なんとまあ、素敵な関係ではなかろうか。

「はい、終了」

「……ありがとうございます」

美地原の終了の合図に、真白は礼儀正しくお礼を言う。

そして真白はそのまま立ち上がると、制服のスカートをふわっとさせながら、膝に手を当てて前かがみになる噂《うわさ》の最強萌《も》えポーズを俺に見せてくる。

「かわいい？」

「死ぬほどかわいい。永遠に側においておきたい」

「……シスコン童貞まじキモ」

美地原の軽蔑する目を華麗にスルーし、俺は天使すぎる愛妹を優しく抱きしめる。真白は頭を撫でてほしそうだったが、また髪の毛のセットを崩してしまったらリアルに本気で怒られると思ったので、背中をぽんぽんと優しく叩《たた》くだけにした。

真白もメイクを崩すと次こそ美地原にブチ切れられるとわかっているためか、顔を俺の腹にうずめることはない。

そうすると、身長の関係で真白が上目遣いになり、俺が見下ろす形となる。

俺たちは全くの無言の状態で、お互いの瞳だけを見つめ合う。

うわー、という美地原の声と顔が視界の端に映るが、やはり華麗にスルーする。

その状態のまま、たっぷり一分ほど真白との愛の交流を楽しむと、真白が少しもじもじしながら、顔を赤らめて言った。

「真白ね、もう行かなきゃ」

「一人で行けるのか？」

「うん。──もう、大丈夫だよ」

「そうか」

俺はそっと真白を抱きしめていた手を緩め、自然と離れる。

その日は、甘えん坊で依存状態だったかつての真白のものではなく、自分でやるべきこと、やりたいことを判断できる立派な女のものだった。

俺はその姿を見てまた涙が出てきそうになったが、真白が我慢している以上、俺が泣くわけにもいかない。

笑顔を見せながら、口の中では舌を軽く噛《か》んで無理やり我慢した。

真白はそんな俺の葛藤も、お見通しとばかりに優しく微笑《ほほえ》むと、今度は一転、小悪魔のような悪くて可愛い顔をしながら言った。

「でもね……まだちょっと怖いから、お兄ちゃんに勇気を分けてもらいたいな？」

人差し指を下唇にあて、よく見るぶりっ子のポーズになる。カワイイ。

「勇気？」

「うん、ちょっとしゃがんで」

言われた通り少ししゃがみ込むと、真白の両手が肩に置かれる。何をするんだ、と言いかけたタイミングで、凄《すご》い勢いで真白の整った顔が近づいてくるのがわかった。俺は反射的に顔を少し左に背ける。

ちゅっ

真白の柔らかな唇が右頬に当たった。口同士のキスは何とか回避できたようだ。流石《さすが》にこの歳《とし》になって、兄妹間《きょうだい》の口キッスはまずい……。

ちらりと真白の方に向き直ると、真白は両頬を膨らませて、不服です、というのを前面に出していた。しかし、激怒しているわけでもない。何となく予想をしていたかのような反応であった。

「勇気、ちゃんともらえました！」

真白が無邪気に、それでいてとても元気に言う。

そして、足取り軽く扉の近くに置いておいた一年以上も埃《ほこり》を被《かぶ》っていた通学用バッグを手に取ると、俺と美地原に向かって最大級に愛《いと》おしい笑顔で言った。

「お兄ちゃん、三姫《みき》さん。ありがとうね！　次の日曜日は三人で遊びに行こ！　約束だからね！」

＊

「シースコーン、シッスコンコンコンッ。シスコーンはきもちわるーい。シスターとキッスしたコンプレックスどうてーい、シスコンッ。コンシースー、しーにさらせー」

大学に行くため、家の最寄りの『成城学園前駅』に向かう道中に、失礼なシスコンの歌をノリノリで歌う女——美地原《みちはら》三姫がいた。

真白が元気よく家を出た後、俺は大きな感傷に浸っていたのだが、美地原の「……きも。死にさらせ」という言葉で現実に戻されてしまった。その後家を出るまでの間、何度話しかけても完全に無視をされるという状況が続いていた。

うーむ、解《げ》せぬ。なんでこいつはこんなにも真白が俺の頬にキスをしたことに怒っているんだ。家を出て、やっと口を開いたかと思えば、このシスコンの歌だよ。

……いや、シスコンの歌ってなんだよ。

「おい。なんでそんな不機嫌なんだ？」

「いや普通に他人がいる前で実の妹にキスされている男がいたらキモイだろうが」

正論だった。俺は何も反論できず、思わず顔を両手で覆ってしまう。

覆った手の隙間からちらりと美地原を見ると、呆《あき》れた顔でこちらを見ていた。

「まあキモイのは前から知ってたけど……。私がなんで不機嫌か、本当にわからない？」

「うむ」

「そ。所詮その程度の男ね」

よくわからんがとても失礼な判断をされているということはわかる。

だが、何故《なぜ》だか心なし、少し機嫌が良くなったような雰囲気を感じる。

……うーん、女という生き物はよくわからんが、こいつはもっとわからん。

真白みたいに何でも口に出してくれればわかりやすいんだが。

その後、俺たちは昨日のように特に何も会話をせぬまま駅に着いた。

「……うん？　おい、美地原。そっちは逆方向のホームだぞ」

「いいのいいの」

「いやよくないだろ。授業は二限だぞ。反対方向に寄り道してる時間はないぞ？」

俺がそう言うと、美地原はにしししと悪戯《いたずら》っ子な顔になって言った。

「今日は授業サボっちゃおうぜー！」

急にこいつは何を言い出すんだ。俺は若干混乱しながら、呆れつつ言う。

「無理を言うな。カズを一人にしてしまうだろ」

「あー、多分京極くんからライン来てると思うよ」

そう言われて俺がラインを開くと、確かにカズからの通知が来ていた。

『なんかよくわからんが、七海《ななみ》から今日は授業サボれと言われた。竜も行かないって聞いたんだが、本当か？』

こいつ……。俺は半眼で美地原を見る。七海と口裏合わせやがったな……。

仕方がない。俺は今日の授業を諦め、カズに『俺も何故か休むことになったから大丈夫だ』とラインを送った。丁度、送り終えたタイミングで電車が来る。

腕時計で時刻を見ると、九時四十分を回ったところだった。

ふむ。今日はもう大学に行くことはないな。

「それで、どこに行くんだ？」

俺の問いかけに、美地原は少し間を空けて言った。

「海行こう！」

＊

「うーん！　ついたー！」

「あちい……」

藤沢駅。小田急線はそれなりに使う俺だが、この駅に来るのは生まれて初めてだ。

駅のホームに降りた時から感じたが、既に潮の匂いが漂ってきている。

「湘南《しょうなん》の方の浜辺には行かなくていいのか？」

「うん！　ここがいいの」

俺たちは海に来たが浜辺の方には行かず、海を一望できる高台に来ていた。まあ、考えてみれば、海開きもまだしていないし、水着とか海に入る準備も何もしていないしな。

……いや別に水着を見たかったわけではないけども。美地原のメロンがスイカ並なのかどうかとかは若干の好奇心があったので少し残念。

まあでも——俺は横の満足そうな表情で海を見下ろしている美少女を見る——こいつが楽しそうなら、それでもいいか。

「なんか飲むか？」

「奢《おご》ってくれるなら貰《もら》ってあげるよ？」

「……お前な……。まあいいわ。で、何？」

美地原は俺の返答が意外だったのか、呆《ほう》けた顔をした。

顔に「マジで？」という文字が透けて見えるぞ。

「じゃあミルクティー」

俺は近くのコンビニに行くと、自分用のアイスコーヒーとミルクティーを買う。

さっきの場所まで戻っていると、美地原は海ではなく俺の方をじっと見ていた。

そのため信号待ちしている途中で目があう。

美地原は、片手を胸の位置まで上げると小さくふりふりと振った。

……なんだこの偏差値の低いバカップルみたいなやり取りは……。

そうは思ったものの、流石に無視をするのは忍びなく、かといって手を振り返すのも両手に飲み物を持っている今は面倒だ。だから、こくんと小さく頷《うなず》く。

美地原は俺のその仕草を見ると、何が面白いのかクスクスと笑っている。

信号が青になり、少し小走りで美地原のもとへと向かう。俺はそこへたどり着くと、右手に持っていたミルクティーを手渡した。

「ありがと。お金、本当にいいの？」

「ああ、気にするな」

俺はそれだけを言うと、さっそくチューッとストローでアイスコーヒーを飲み始めた。

……なんか視線を感じるな。

ふと隣を見ると、美地原が何故か俺のことを鋭く睨《にら》みつけていた。

「……なんだよ」

「……別に」

美地原は拗《す》ねたようにふいっと逆の方を向いてしまう。

なんだこいつ……と思いながら、もう一口飲もうとストローを口にくわえると、

「せっかくだから、乾杯でもしようかと思ったのに……」

「……そうか。……すまん」

謝る理由はないと思う。でも、その発言も、耳を少し赤らめたのが後ろからでもわかるのも、全てが真白を相手しているような気持ちにさせられ、ついつい謝ってしまった。

「こほん……。あー、じゃあ」

俺はそういうと、美地原の手の位置に合わせて、アイスコーヒーを持っていた手を少し下げた。美地原もちらりと俺の方を見ると、ミルクティーのキャップを外した。

『……乾杯』

……なにこれ。

美地原は俺に顔を見られないようにまた逆の方向を向いてしまった。俺も美地原のことを見るのがなんか気恥ずかしくて、でも逆方向を見るのもなんか負けた気がして……という面倒な理由から、眼前にある雄大な海をじっと見つめていた。

俺たちは乾杯の後、ただただ黙って十分程度この海を眺めていたが、いよいよ沈黙に耐えきれなくなり俺の方から話しかけた。

「……真白のこと、本当にありがとうな」

本当は、こんなにもいきなり海に連れてこられた理由を聞こうと思っていたが、つい声に出したのは全く違うことだった。

俺が昨日からずっと感謝し、伝えたかった、何よりも大切で幸せなこと。

美地原は俺のその言葉を聞くと、最初は目をぱちくりとさせ、何を言っているか理解できていない様子だったが、しばらくして、はあ……と露骨にため息をつく。

「それはどういたしまして、といつもの私ならそう言うんだろうけど」

そこで一回間を空けてミルクティーを口に含む。

「ありがとうって何？　真白を立ち上がらせて、とか、元気づけてとかそういうこと？」

美地原の刺すような視線に俺は一瞬口ごもってしまう。

「あ、ああ……。まあでも一番は、友達になってくれて、ありがとう……かな……？」

俺のその答えに不満でもあるのか、美地原はまた露骨にため息をついた。

「それこそ論外。別に真白と友達になったわけじゃないとか、友達の定義って何？　とか、そんな面倒くさいことを言い出したりはしないけど」

美地原は今度はミルクティーをごくごくと一気に飲む。ぷはーとおっさんみたいな声を出すと、俺に人差し指を突き付けて言った。

「私は真白と対等な関係で話しているだけ。友達になってあげた、とか上から目線の考えは一切持ってない。私はただ、ブラコンでうじうじしているのに、芯だけは無駄に強いあのメンヘラぼっち女に喧嘩《けんか》をふっかけただけ。それで私に対抗して立ち上がったっていうなら、それは私のおかげ、じゃなくて、私のせい、なの。わかった？」

「……………そうか。そうだよな……」

……………。

俺は、アイスコーヒーをごくごくと一気に全て飲み干すと、さっきの美地原《みちはら》よりも大きな音でぷはーと吐き出した。

「ふはははははは！　ならば俺様も、そろそろ本気を出すとするか！」

俺は通りすがりの周囲の人が、突然の大声に驚いてこちらを見てくるのを無視して、美地原の方へ向き直る。飲み干したアイスコーヒーの容器を側に置くと、俺は両手を腰において言った。

「美地原。お前にだけは特別に教えてやろう……。俺は『天才』だ。俺は何でも出来る。俺は全てを叶《かな》えられる。何故なら俺は、『九頭竜 王子』様だからだ！」

そして右の手を、美地原にすっと差し出す。

「お前の望みを叶えてやろう。お前の苦しみを消してやろう。お前を過去から――『天才』という呪縛から救い出してやろう」

傲慢で独善な俺の言葉を聞き、美地原はうつむいて下唇を噛《か》みしめる。そして焦《じ》れるようなわずかな時間が経過した後、震えるような声で言った。

「……私のことも、救ってくれるの？」

懇願するようなその声に、震えるその声に、俺は全身全霊を以て応えよう。

「俺はお前と違って――『天才』だからな！」

美地原は顔を上げる。目には涙が浮かんでいる。

もちろん、それを指摘するほど野暮ではない。俺は誰よりも女にモテる選ばれた人間だ。誰よりも優れた『奇跡』のような女相手でも、下手を打つことはない。

美地原は、涙を浮かべた弱々しい表情から一転、にやりといつもの自信たっぷりな表情になると俺の右手を強く握った。

「なら……この私もあなたに手を貸してあげるわ。『天才』のあなたに、『奇跡』の存在たる私が手を貸せば、どんなことでも実現できる。天と神と私に感謝しなさい。――この『美地原 三姫《みき》』様という『奇跡』に出会えたことに！」

俺は握られたその手を、もう一度強く握りしめる。

海をバックにお互いが不敵な笑みを浮かべて俺たちは見つめ合う。

強く美しい瞳、白い肌、整った顔立ち、スラリとしているが出るところは出ているスタイル。こいつの見た目はなんてエロ……こほん、俺に相応《ふさわ》しいのだろうか。

俺がいやらしい目で全身を舐《な》め回すように見ていると、美地原はその目線に気が付きながらも不快感を出すことはなく、むしろ誇らしげに言った。

「もし、あなたが私の願いを叶えることが出来たならば、ご褒美《ほうび》に私の処女をあげる。せいぜい、私の何よりも大切な『初めて』を貰うために努力することね」

「調子に乗るな『ビッチ』。俺は、処女で男を立てられてキスもデートも初恋すら未経験の大和撫子《やまとなでしこ》系尽くし系女に抱いてくださいと懇願されない限りは、俺の遺伝子のリソースを割いたりしないぞ」

「死んだ方が良いよ『くず』。私は、私に絶対服従で一途《いちず》で周りのブスどもにマウント取れるぐらい周囲から尊敬されてて私のためならどんな危険にも飛び込んでいく私至上主義の超優良遺伝子しか、興味がないわ」

俺たちは繋《つな》いだ手は離さぬまま、ニヤニヤとそんなことを言い合う。

美地原三姫の望みなんて別に知らない。

知る必要すらない。

俺ら『天才』と『奇跡』が――『くず』と『ビッチ』が――手を組めば、叶えられないことなんて、この世界にただ一つとして存在しない。

『くず』と『ビッチ』の伝説が、今ここから始まる――

エピローグ【凡人の瞬間】

大学生の夏休みと聞くと、世の中の人はどんなことを想像するのだろうか。

BBQ、海外旅行、合宿、ちょっと意識が高いとインターンとか？

でも、これら全てのイベントの最終ゴールって、結局はあの快楽行為に繋がっているんでしょ？　とか考えてしまうのは、全国の大学生の貞操がゆるいからか、はたまた私が思春期すぎるからか。

私は最近タッグを組んだ『天才』——九頭竜王子くんの部屋でアイスを食べつつ、彼のベッドでゴロゴロしながらそんな益体のないことを考えていた。

あの海の前で誓った日以降、高校を円満（では間違いなくない）退学した真白と、面白そうだからと七海《ななみ》、私を監視するための京極くんを加え、五人体制でとあるプロジェクトを始めている。

大学生の夏休みは約二か月。このプロジェクトの第一段階をクリアするには十分な時間だ。このプロジェクトを達成するために、皆が皆、自分の役割を全うしている。

そんなわけで、目の前の『くず』は童貞を卒業する最後のボーナスタイム——夏休みをふいにして、既に十時間は軽く超えるほど、パソコンに向き合って何かカタカタやっている。曰《いわ》く、今は動画編集のためのシステムを構築しているとかなんとか。

私？　暇ですね。私の役割は彼の作業が終わった後だもの。

だからこそ、少しでも彼を労《いたわ》ってあげようと、少し露出の多い格好をして無警戒にベッドでゴロゴロしているというのに、この男は手を出す素振りも見せない。……屈辱。

そこで先ほど、七海と一緒に買い物に行った真白の言葉を思い出す。

いつもは九頭竜くんの部屋に行こうとすると、狂犬みたいに噛みついてくる真白だが、今日に限っては「お兄ちゃん、集中している時は真白すら相手にしてくれないから、ロマンチックな海の前でも結局何もしてもらえなかった三姫さん程度じゃ、何をしても無駄だよ」とか舐めたことを言ってきた。

……なんで二人きりで海に行ったことがバレてんだよ……。

この完全無欠の美少女たる私が、こんな屈辱的な扱いを受けるだなんて……。

これって、逆に今私が彼に何かしたとしても、気が付かないんじゃないの？

そういえば、真白は九頭竜くんの右頰にキスしてやがったな、気持ち悪い。

――よし。左頰にキスをしてやろう。


ほっぺにキスなんて、欧米なら挨拶レベルだもの。余裕余裕。

覚悟を決めた私はこそこそと九頭竜くんに近寄る。

……やばい、死ぬほど緊張する。しかし、そんなことを言っても、もう遅い。

心臓をバクバクと鳴らし、目をギラギラに輝かせ、喉をゴクリと鳴らしつつ、私は九頭竜くんの背後に立つと、ペロリと唇を舐めて湿らせた。


――準備万端。発射用意完了。行け！　美地原　三姫！

くらえ！　私のファースト（ほっぺ）キッス！

「……おい。お前さっきからなにやってん……は？」

――眼前に、世界で一番腹立たしく、愛《いと》おしい顔があった。

あとがき

社会って、何だか窮屈だと思いませんか。

著作権的に正直ちょっと怖いんですが、本当に、言いたいことも言えないこんな世の中じゃ、って思います。

ＳＮＳが爆発的に普及した背景にはそういう事情もあるんでしょうか。

なんてそれっぽいことをつらつらと述べましたが、結局は私の拙作で好き勝手暴れまわって暴言を吐きまくったあいつらのフォローのようなものです。

でも、彼ら彼女らの言っていることも、多分１％くらいはわかってくれるんじゃないかなと思っています。一ミリもわからないという方はどうぞボコボコに言ってください。

自分で言う以上、言われる覚悟もあいつらにはあります。多分。

私事にはなりますが、今作が人生初の創作活動。まさしく処女作となります。

何だかこの言葉にも慣れてきましたね。しょ、の時点で予測変換されます。

今後人前でタイピングはしたくないものです。

何はともあれ、こんな挑戦的、というか危険な作品をどうにか世に送り出せる形にし、皆様の下へ届けられたのには多くの方の尽力がございます。

だって元タイトル「くずとビッチ」ですよ。本当に頭が上がりません。

まずはファンタジア大賞選考委員の先生方、選考に携わってくれた皆々様、編集部・校正・営業の方々に深い感謝を。

そして、作家事情のことを何にもわからない私を支え、作品も限界ギリギリまで攻めてくださった担当編集のT様。

色々なことを教えてくださった第三十六回ファンタジア大賞の受賞者の皆様。

どうしようもない彼らに最高のイラストで命と魅力を与えてくださった緋月《ひづき》様。

全員に深い感謝を。

最後に、この作品を手に取って読んでくださった読者の皆様に心からの謝意を。

彼らのモノガタリに、何かしらの感想を持っていただいたことを祈って。

大空《おおぞら》　大姫《だいき》